強迫神経症の世界を生きて

私がつかんだ森田療法

明念倫子

白揚社

強迫神経症の世界を生きて

目次

I 強迫神経症の世界

強迫神経症の症状はバラエティに富んでいる 11
ガスの元栓閉めたかしら？ 16
この不安は妄想？ それとも強迫観念？ 18
強迫行為が拡がる恐怖 21
強迫行為で命を救われる不思議 22
誰の症状よりも自分の症状が一番きつい 23

私を変えた一冊の本＝森田先生との出会い　27
あの頃の日記　29
思い込みが崩れるとき　30
不安は自分の意志で取り除くことができる？
「集中している」とは雑念が浮かばないこと？　そういう状態は自分で作り出せる？
コントロール至上主義をどう克服していったか
生活の発見会との出会い　37
長谷川洋三先生の笑顔／練馬集談会に参加して／書くことは心の処方箋
生泉会の仲間とともに／カウンセリングを学んで／聴く力を育てる

II　私がつかんだ森田療法

〈創造の賦活者〉としての森田正馬先生　52

森田先生の意気込み　53
〈欲望〉に目覚めた人々　60
森田療法の誕生　65
神経症発症のからくり　67
神経質という性格傾向／自分の思うようにやりくりしたい
心の置きどころの変化／強迫神経症の本態
森田理論は〈心〉をどうとらえているか　76
〈精神の拮抗作用〉を体感して生きる　78
私がつかんだ森田療法　82
倉田百三の強迫神経症体験から見えてくるもの
神経症から立ち直るにはどうしたらよいか
心の波に乗る／感じから出発せよ
〈感じ〉に導かれた在りし日の森田先生

不安・苦痛になりきる／両立について／「もっと顔を赤くするように」
わからないときは、わからないままに／違いがわかりますか？
はからいながらも、とらわれない道／自己の無力感を味わうこと
客観視すること／「これさえなければ」と思ってはいませんか？
はからう自分を責めていませんか？／知性の自己矛盾
自分に合った森田理論を作ろう

薬物療法について思うこと　126

神経症が治るとはどういうことか／薬物療法とどう向き合うか

行動療法を通して見えてきた森田療法の世界　136

行動療法とはどんな治療法か／行動療法との出会い
森田理論学習者が行動療法に対して抱く疑問
我慢させることはコントロール志向を強化する
手洗いの必要がないことはわかっている

〈最悪のシナリオ〉は必要か？
森田療法は行動療法と似ている？
「治さない療法」、それが森田療法 148

III 強迫神経症から立ち直るには

強迫症の人の独特な確認スタイル 153
確認とは五感を使った情報収集 156
強迫神経症は「脳の機能障害」？ 158
身体に組み込まれた自然のメカニズム 160
意識と身体＝無意識のバランスを 164
ゴミが捨てられない＝〈反対観念〉に振り回される 168
私の確認スタイル 172

〈五感で確認する〉癖をつける　174
強迫行為と自覚することが立ち直りの鍵　178
我慢は強迫行為に有効か？　182
我慢するより〈感覚〉に頼ろう　184
〈逆説志考〉で乗り切る　186
リズミカルな動きに導かれて　188

エピローグ　神経症を超えて　191
〈価値批判しない〉という生き方／未来に幸せを求めて
森田療法との出会いがもたらしたもの／森田先生への感謝の思い

あとがき　205

I　強迫神経症の世界

強迫神経症の症状はバラエティに富んでいる

行き帰りの通勤電車で乗り合わせる多くの若者たち、なかでも、新入社員と思われるサラリーマンやＯＬを見ていると、いつしか私は、強迫行為で苦しんでいる後輩たちのことに思いを馳せているのに気づきます。

つい先日も、ある集会で久しぶりに顔を合わせたＡ青年は、「本採用になったのはいいのですが、なにしろ強迫行為を抱えての仕事だけに、なかなかうまくいきません」と嘆いていましたが、彼の表情からは、「注文票に合わせて配送品を揃える」という現在の仕事が強いストレスとなり、本採用を喜ぶ心のゆとりすらないという厳しい状況がにじみ出ていて、胸を打たれました。ひょっとしたら、今日も彼は注文通りの商品かどうかの確認に手間どって、まわりのスピードについていけない自分にいらだちながら仕事に向かっているかもしれません。

　健康な人ならものの数秒でできる照合作業が、Ａさんのようにひとたび不完全恐怖症になると、なぜ、あんなに何度も確認しなければすまなくなってしまうのでしょうか。

　実は、かくいう私も、この確認恐怖症で苦しんできた一人なのです。それだけに、強迫行為につまずいている若者に出会うと、つい苦しかった頃の自分を思い出し、「つらいだろうけど諦めないでね」と、声をかけたくなってしまうのです。

　Ａさんによると、彼は小学生の頃に確認恐怖が始まったとのことです。学校へ行く前の晩、何度もランドセルの中身を調べないと落ち着かず、「母親に、それはもう入っているから大丈夫よって、いつも言われていました」と笑い、「その後読書恐怖も加わり、思い出すのもつらい小学生時代だったんです」とつぎのような体験を話してくれました。


　あれは小学校三年の国語のテストを受けていたときのことでした。問題文を読もうとすると、隣の行の文字が視界に入ってきて、見ないようにすればするほど目に飛び込んでくるため、問題文の一行目から先に進むことができず、とうとう、白紙の答案を提出するはめになったのです。そのため、級友たちからは面白半分に馬鹿にされ、教師もその様子を見て見ぬふりでした。

見かねた母がぼくを無理やり塾に通わせたのですが、塾でも相変わらずでしたので、ここでも教師や生徒から馬鹿にされ、ぼくはしだいに内気で自信のない少年に変わっていきました。

森田先生の著書にも、「本を読もうとして下を向くと、どうしても鼻の先が視界に入ってしまうため読書に集中できない」と悩む青年の話が出ていますが、この鼻尖恐怖もＡさんの読書恐怖と同じ症状です。それにしてもＡさんは、つらい読書恐怖をすでに小学生時代に経験しているのですから、彼の自我の強さは並外れたものと言えましょう。彼はこの逆境をどうやってはね返してきたのでしょうか。

Ａさんのケースのように、いじめに遭うことで強迫行為が悪化したという場合だけでなく、最近では、いじめに遭ったことが直接の原因で強迫神経症を発症する若者もふえています。このことで思い出すのは、職場でいじめに遭い、それがきっかけで、「誰かを傷つけるのではないか」という加害恐怖にとらわれてしまったという主婦の話です。この方の加害恐怖は、「運転中に、助手席に乗せたわが子を自動車の窓から放り投げてしまいそうで、怖くてハンドルが握れなくなってしまった」というもので、涙を浮かべながら話していたのが忘れられません。

このように強迫神経症発症のきっかけは人によってさまざまです。

ある二十代の女性は、皮膚ガンの手術後、「どこかに再発していやしないか?」と身体じゅうを触っているうちに、身体の左右対称にこだわるようになり、バカバカしいこととわかっていても、左右の骨の形まで比べるようになってしまったということです。

ところで一口に強迫神経症(強迫観念・強迫行為)といっても、そのパターンは驚くほど多様性に富んでいます。一般によく知られているものとしては、ガスの元栓や戸締まりの確認を繰り返し行う「不完全恐怖症」や、きれいに洗えたという実感が得られないため何度も手を洗い直す「不潔恐怖症」などがあり、また、頭に浮かんだ不快・不吉な観念を払いのけようとしてスッキリするまで心の整理をする「観念強迫」も広く見られるものです。

こうした典型的な強迫観念・強迫行為のほかにも、症例は多岐にわたっており、森田正馬全集第五巻〔白揚社〕には「窃盗恐怖」という大変めずらしいケースが紹介されています。当の患者さんの話では、「往来でタバコの吸殻が落ちていると、これを『自分が盗った』と人に思われはしないかと恐れ、また食堂で食事をしてその代金を盆の内に入れて帰り、自分でそれを承知していながら『食い逃げをした』と思われはしないかと恐れて毎日がま口の計算をやり、自ら大丈夫、大丈夫と安心をしていた」ということです。

ちょっと聞くと、「不思議な・馬鹿げた・思いもよらぬ」ケースのように思われますが、森田先生によると、たとえどんなにめずらしい悩みでも、われわれの心を深く観察してみるとそのような心持ちになることはしばしばあるそうで、そのことを簡単に体験し想像するには「夢の世界」を思い出せばよいとしています。夢の中では、平常では考えられないような「タバコの吸殻を盗む」ということも起こり、その上、「気分のみに支配されている」という点では、夢も強迫観念となんら変わるところがないからだということです。

ちなみに私が相談を受けたケースのなかで、ちょっとめずらしいと思われたのは「秘密にできない」という悩みでした。

相談者によると、「このことは母親に言いたくない」と思って内緒にしていると、何かの折に母親の様子からもうすでにバレてしまっているような気がして、正直に打ち明けないと気がすまなくなり、秘密にしておきたいことでも話してしまうということでした。

相手の雰囲気からすでに秘密が露顕してしまったかのように錯覚して、ついつい打ち明けてしまうという相談者の感覚。実を言うと、相談を受けた当時、私には相談者に共鳴できるだけの知識が備わっていなかったのですが、しばらくして、さきほど挙げた全集第五巻につぎのような森田先生自身の体験を見つけ、「神経質」という気質に備わる感受性の鋭さというものにあらためて感心したことがありました。

私は時々家内の者や入院患者に対して、癪にさわって小言を言いたくなるけれども、言わずに耐えていることがある。そのとき、時を経てから女中やその他の人がなんだか不機嫌のように思われるとき、自分が前に「怒りつけた」ように追想することがある。自分が腹を立てたという感じそのものから、これをほかに表したか表さなかったかということの区別が不明瞭となり、なんだか「小言をいったのではないか」と恐れ危ぶむ心から次第にさもそうしたように思うようになることがある。

森田先生の説明では、こうした現象は「追想の誤謬」というもので、たんなる客観的な観察と違って主観と客観とが二重になるため、こんな誤りが起こるのだそうです。また、この「主観と客観の重複」ということでいえば、たとえば、「自分が人前でぎこちないのではないか、顔が引きつれているのではないか」と悩んでいる人は、たえずそのことに注意を向けているため、自分自身の主観的な感じと、これを観察しようとする客観的な感じとが重複することによって、そうした不安は二倍も強く感じられるということです。

ガスの元栓閉めたかしら？

私が強迫神経症（不完全恐怖症）に苦しむようになった直接のきっかけは、司法試験の受験生活でした。当時の私は、「集中して勉強すること」に強くこだわり、読書中に雑念が浮かんだりすると、まずそれを取り除いてスッキリさせてからつぎに進むというような生活ぶりでした。

そのため、何かの拍子に、「あれ、ガスの元栓を閉めただろうか？」という不安が浮かんだりすると、そのままでは集中の妨げになると考え、確認行為を繰り返すうちに「確認強迫」にはまってしまったというわけです。

私の確認強迫という悩みは、こんなふうでした。

何度かガス栓を確認した直後は、「閉まった」という感じがするのですが、すぐにまた「見間違ったのでは？」という強い不安が襲ってくるのです。「さっきよく調べたので、もう大丈夫」といくら自分に言い聞かせても、そんな説得をすればするほど不安が強くなり、いても立ってもいられなくなって、「こんな苦しい思いをするぐらいなら、もう一回だけ確認してスッキリした状態で勉強しよう」と、無意味な確認行為を繰り返していたのです。

もっとも、「閉まっているという感覚はまったくないのですか？」と聞かれると、どうもうすうすは感じているのですが、「閉まっていないのでは？」という不安が突き上げるように襲ってくるため、気がつくと確認に走って行ってしまうのです。

私と同じ確認強迫（確認恐怖症）に苦しむある三十代の女性は、確認地獄に落ちていく様をあざやかに描写しています。

「なんとか納得できてガスバーナーから目をそらし、その場を離れた瞬間、《たった今自分が見たのはまぼろしかもしれない。もしかしたら私が器具栓を触った後に栓のつまみを逆に回して点火させたかもしれない》という強烈な不安に駆られ、再びガスバーナーの確認が始まるのです。」

この「もしかしたら、つまみを逆に回してしまったのではないか？」という不安は、どうやらガス栓の確認恐怖にはつきもののようで、悩んでいる人はみな、「そうなんですよ」と口を揃えます。このように、「そんなバカなことは絶対にありえない」と思う一方で、「ひょっとしたら……」という妄想にも似た不安感が突き上げてくるというのが、強迫神経症特有の世界といえるでしょう。

この不安は妄想？　それとも強迫観念？

妄想ということで言えば、私は強迫神経症独特のある感覚を思い出します。それはガス栓のつまみを何度も閉め直し、「これでよし」とガス台を立ち去ろうとしたときのことです。そのとき、たまたま手が台所の壁にぶつかったりすると、「ガス栓には当らなかった」ということはわかっていても、手が壁にぶつかった瞬間に「ガス栓が開いてしまったような錯覚」に陥り、一から確認し直さないといられなくなってしまうのです。

ここで、これとよく似た感覚を体験した人の話を聞きましょう。

この方の症状は「針恐怖」で、「針仕事の後にうっかりして針を落とし、それが人に刺さってケガでもさせたらと思うと心配で、針が落ちていないか気がすむまで床をはいずり回って確認する」ということです。また、たまたま、ショーケースのディスプレーに虫ピンが使われている店の傍を通ったときなど、「いま、壁にぶつかったはずみに虫ピンがはずれて、開いたバッグの口から入ったかもしれない」と不安になり、家に帰るとバッグの中をくまなく調べ、それでも不安は収まらず、しまいにはそのバッグを捨ててしまいたいという衝動に駆られたとも語っています。

「店の傍を通っただけなのに、壁にぶつかったはずみに虫ピンがはずれてバッグの中に入ったかもしれない」という感覚や、あるいは、不潔恐怖の人の「ゴミの収集車が目に入っただけで、自分の身体にゴミが降りかかってくるような気がして、怖くて街を歩けない」という感覚などは、普通ではちょっと考えにくいものです。

こうした「ありえないような感覚」に苦しんだ人の話が、森田正馬全集第五巻にも記されています。症状としては不潔恐怖と縁起恐怖がある方ですが、道で人が唾を吐くのを見ると、

「あの人は結核ではなかろうか」と気になり、その唾が飛び散って自分の口に入ったような気がして、自分も何度となく唾を吐いたりしたということです。そのうち、人が唾を吐けば自分もうがいをするようになり、挙句はそのうがいの回数までも気になりだして（いわゆる縁起恐怖の症状）苦しんだそうです。

また、ちょっと変わった感覚の人の話も取り上げられています。この方は、のちに医学の道に進んだそうですが、つぎのように告白しています。

中学から上の学校へ入学願書を出すときに、傍に薬品の瓶があったので、願書の字がこれに感じて（反応して）、万一消えるようなことがありはしないかと、ふと気がつくとそれが非常に気になりだし、その後はそれがますます増長して、試験のときに答案の字が消えて見えなくなるようなことがありはしないかということまでも不安になりだしました。また、授業中、先生の似顔絵を書いたことがありますが、それを先生が見つけていて、上の学校へ出す内申書に書いて出すようなことはないか、そしたらせっかく入学試験はよくできても、だめになりはしないかと恐怖したようなこともありました。

この人の訴えについて、森田先生はこう解説しています。

「自分の書いた字が消えてなくなる」というのは、随分常識はずれのことで、普通の人にはちょっと想像のできないことです。ほとんど妄想のようですけれども、その心理を調べれば、これが妄想ではなくて強迫観念であるということがわかる。これがどういう精神過程を経て発展してきたかということを分析してみると、その性質がわかるのである。

強迫行為が拡がる恐怖

強迫症状のつらさというのは、強迫行為が繰り返されることだけではありません。実は、強迫行為が拡がっていくことのほうが怖いのです。たとえば、ガス栓を確認する途中でふっと水道の蛇口が目に入ったりすると、そのときまで何の不安も感じていなかった水道の栓まででも気になってきて、新たに「蛇口の確認」という強迫行為が加わるのです。

「強迫行為の拡散」ということでは、私はこんな苦い体験を思い出します。その日も、ガス栓の確認に手間取り、後ろ髪を引かれるようにして家を出たのですが、歩きながら襲ってくる「ガス栓の不安」を解消しようと、頭の中で「確認のシミュレーション」をしているうちに、くすぶっていた不安に火がつき、いても立ってもいられなくなり、とうとう家に舞い戻ってしまったのです。こうして再びガス栓の確認をやり直している最中に、ふっと水道の栓やコンセントに目が止まるや、今度はその確認までもやりだす始末で、まったく身動きがとれない状況でした。

「バカバカしい」と重々承知していながら、強迫行為に歯止めをかける術を見つけることができない、これが強迫神経症の苦悩の実態なのです。

強迫行為で命を救われる不思議

ひとたび強迫行為にとらわれると、朝から晩まで症状に振り回される生活が続きます。たとえば、私のような「ガス栓の開け閉めが気になる」というタイプの悩みでは、いつもそのことが頭にひっかかって、何をしていても上の空という状態になってしまいます。また同様に、「不潔恐怖」という症状に陥ると、「汚い」という観念が頭一杯に拡がり、少しも心が流れていかないのです。

ちょっと想像しただけでも、彼らの悲鳴が聞こえてきそうですが、実は、この「強迫行為にかかりっきりになる」という心の状態が、ほかの強いストレスを遮断し、その結果、その人の命そのものを救うという働きをしているとも考えられるのです。

それというのも、その頃の私は生きる自信もなく、ただ青春の入り口に呆然と突っ立っているだけの若者でしたが、もっぱら「ガス栓の確認」という強迫行為に追われることで、降りかかる強いストレスを感じる余裕すらなく、その結果として身が守られていたとも考えられるからです。そうだとすると、その人の中に耐性力がある程度育つまでは、「強迫行為と共生する道」を模索していったほうがいいのではないかと考えています。

そういう意味では、〈強迫行為〉というのはひょっとしたら、命を救うためにあらかじめ人間に組み込まれた「安全弁」と言えるかもしれません。

誰の症状よりも自分の症状が一番きつい

私は多くの方から症状に関する悩みを聞かせていただきましたが、面白いのは、ほとんどの方が、「誰の症状よりも自分の症状が一番きつい」と確信していることです。

ある日の集会で、ガス栓の確認で悩んでいる方が、「何度確認しても閉まったという実感がわかないことがつらい」と訴えますと、対人恐怖の人から「ガス栓恐怖の人は、ガス栓のないところへ行けば悩みは解消するが、われわれ対人恐怖の者にとっては、世の中、人のいないところはないので、われわれの悩みのほうがつらい」という意見が出され、聞いていたみんなで大笑いしたことがありました。

とはいえ、私も苦しかった頃は、「自分の症状が誰の症状よりも一番重い」と信じていたのです。その頃のことを少し振り返ってみたいと思います。

当時司法試験の受験生であった私は、毎日曜日ごとに模擬試験を受けていました。その日の朝も、試験会場に行くため自宅を出たのですが、連日のガス栓の確認という強迫行為で疲れきっていたため、突如試験をボイコットしようと思い立ち、ひとり湘南の海へと向かったのです。しかし、途中の電車の中で、「受験生として、こんなことをしていていいのだろうか」という自責の念がわいてきて、海辺を歩いていても心が晴れることはありませんでした。

いま、三〇年以上も前に書いた日記に目を通してみると、そのときの心の葛藤が生々しく伝わってきます。どうやら、願書を提出したその日の夜になり、「願書に記入ミスをしたのではないか?」と不安になったと見えます。選択科目の欄に「民事訴訟」と書くところを、間違って「刑事訴訟」と書いてしまったのではないかと思い悩んでいます。「たぶん大丈夫だろう、ちゃんと記入したに違いない」と何度も自分を説得しますが、すぐに、「もしかしたら間違って記入してしまったかもしれない」と、不安に揺れる気持ちがほぼ一ページにわたって綴られているのです。

願書を提出して受験勉強もいよいよ大詰め、一分でも多く勉強したいこの時期になっても、このようなバカバカしいことに時間を取られていたのです。

そしていよいよ試験の当日、本番でのことです。

現在の司法試験のことは知りませんが、その頃の司法試験は、短答式・論文式・口述式と3つの試験からなっていて、これは最初に行われる短答式試験でのことでした。一冊の「試験問題集」を解き、その全解答を一枚の解答用紙（マークシート方式）に書き写していたときのことです。

ここでも、「正確にマークできているか？」という確認に時間を取られてしまい、せっかく答えを出しているのに解答用紙に書き写す段階で手間どり、結局、解答を書き写しきれず、この時点で不合格は確実になりました。

また、これは論文式試験でのことですが、こんなこともありました。その頃の私にとっては、「集中して本を読む」ということが最大の関心事であり、しかも、「集中する」ということは雑念が浮かばないことと考えていたため、「本番でも、雑念が起きて試験問題に打ち込めないのではないか」と気がかりでした。

その上、当時の私は、ガス栓の確認恐怖だけでなく「横にあるものが見えて集中できない」という悩みも抱えていたのです。これは冒頭で紹介した「鼻尖恐怖」と同様のもので、たとえば、どんなにテキストに集中しようとしても、まわりに置かれたノートや筆箱などが視界に入ってしまうため、気が散って頭に入らないという悩みです。

これにはまったくお手上げ状態でした。というのも、「ガス栓の悩み」はガス栓のないところでは起きませんが、「周辺が目に入る」という悩みにはそうした限定がないからです。そしていよいよ論文式試験の本番のとき、とうとう、日頃の不安が的中してしまったのです。

今でも、そのときの状況が私の脳裏にあざやかに刻まれています。

試験会場へ入るとまもなく、試験官から、「受験票は、机の上の、見えるところへ出しておいてください」という指示がありました。試験官が教室を回って不正受験がないかどうかをチェックするさい際、受験票を確認する必要があるからです。

ところが、この受験票が視界に入って集中の妨げになる私としては、受験票を視界から遠ざけ、見えないところへ置いておきたい衝動にかられるのです。その葛藤で心がはじけそうで、試験どころではありませんでした。

さらにこんな悩みも思い出します。

それは短答式のときだったのか、論文式だったのかはっきりしませんが、試験当日のことです。朝食にバナナを食べて、出かける準備をしていたときのことでした。どういうわけか、そのバナナが頭にこびりついてしまい、「いま、こんな馬鹿げたことにかかわってなんかいられない！」と取り払おうとあせればあせるほど、「絶対に忘れさせないぞ」とばかり、バナナは脳裏の奥深く刻まれていくではありませんか。

雑念恐怖の私にとっては、試験会場へ行く前にすでに、この時点で勝負ありという状況でした。

こうした悩みも、すべては流れゆく自然の心に背を向け、自我万能主義に陥った人間の当然の成り行きと見ることができるでしょう。その後、私は、気が遠くなるような時間をかけて「自然にまかせる」という生き方を手にしていくことになるのですが、そこにたどり着くためのエネルギーも、すべてこのような苦しさが調達してくれたとも考えられるのです。ともあれ、強迫行為の悩みは他とは比べものにならないほどの苦しみであると言っても過言ではないでしょう。

私を変えた一冊の本＝森田先生との出会い

確認行為にとらわれ、出口の見えない日々が積み重ねられていくなかで、一つの幸運な出会いが用意されていました。それは森田正馬先生との出会いでした。あれは忘れもしません、開店してまもない書店の心理学コーナーでのこと。何気なく目に止まった一冊の本が、森田正馬先生の『神経衰弱と強迫観念の根治法』〔白揚社〕だったのです。その本を抱えて急いで家路につき、むさぼるように目を通した後の私はもう、それまでのような〈孤独な若者〉ではありませんでした。読みながら涙があふれて止まらなかったのです。「ガス栓を何回も確認しないと不安でいられないというのは、強迫神経症という症状だったのか。症状なら治るに違いない」、一条の光が差し込んだ瞬間でした。

いったい森田理論の何が私の心をとらえたのでしょうか。それは、〈神経質〉という性格特徴を克服するのではなく、それを活かすという、この理論の肯定的な雰囲気に魅力を感じたからです。また、「不安を取り払わない」という森田理論の考え方は、そのときまでの私の生き方とは対極的なものではあっても、そこにこそ真実があると直感したからでしょう。そして、何よりも私の心を動かしたものは、森田先生の著作の全編を通して伝わってくる神経質者への祈りだったのです。

当時の私は気が小さく、ちょっとした失敗でもクヨクヨと悩み、勉強に集中することができませんでした。そのため、「この神経質という性格を改造しなければ自己実現はできない」と思いつめていたのです。このように、神経質という性格をマイナスイメージでしかとらえられなかった私にとって、神経質を礼讃する森田先生との出会いは一つの事件ともいえるもので、まさに「命を吹き込まれた」としか言いようのない変化を私にもたらしていったのです。

あの頃の日記

治すことに夢中だったあの頃、私はどんな考え方で生きていたのでしょうか、当時の日記を開いてみると、まず目につくのは、いたるところに「克己」、「鋼のような意志」といった言葉が記されていることです。またそこには「戦闘宣言」と大書され、次の言葉が続きます。

「私は私の中にある理性に従い、欲望と徹底的に闘っていく。自分との闘いに、日々勝利を収める。これが、現在の私の最大の課題である。」

これを見ても、ガス栓の確認がうまくできないというつまずきを、それが強迫神経症であることも知らずに、ただ「意志の力で乗り越えよう」と悪戦苦闘の日々を送っていたことがわかります。

「ガス栓を何度も確認しなくてはいられない」という悩みを、誰にも打ち明けられずに悶々と過ごしていた日々、それだけに森田先生の本を手にしたときの喜びは生涯忘れることができません。

「実力がなくて落ちるのならまだしも、雑念恐怖で、受験の参考書すらまともに読むことのできない状態では、受験をやめるにやめられない」という心境だったのかもしれません。いま考えても、「よく自暴自棄にならずに粘っていたものだ」と、神経質の執着性には半ばあきれてしまうほどです。

思い込みが崩れるとき

不安は自分の意志で取り除くことができる？

私はこのように信じていたのです。とにかく、心を大きくもって、できるだけ不安を感じないように心がけていたのです。まさか、この姿勢こそが強迫神経症を生み出す元凶だったとは、まさに神のみぞ知るというわけです。

「集中している」とは雑念が浮かばないこと？　そういう状態は自分で作り出せる？

私は長い間ずっと、そのように考えていたのです。おそらく、私と同じように考えている人もおられることでしょう。私は『生の欲望』〔白揚社〕という本の中で、「集中」に関する森田先生のつぎのような言葉と出会い、まさに、目からウロコが落ちる体験をしました。

若い人はよく精神統一ということを考え違いして、雑念を一掃して読書に精神を集中しようとするが、それは無理なことで、雑念はなくそうとすればするほど群りおこり、しまいには雑念恐怖症という強迫観念にもなる。そもそも、健康で活動的な精神なら、勉強中にもいろんな想念がおこるのは当然なことだ。勉強のやり方についていえば、いやいやながらまたいろんな想念がおこるままにとにかく机に向かって本を開いておればよい。それが素直な態度であり、そうしておればいつの間にか読書に気が向き、勉強もはかどるものだ。

また先生は、一つの仕事をする場合に、心がそのことだけに集中しなければならないと考えるのは正しいとはいえないと言っています。集中というのは、一つのことだけに意識が向かっているのではなく、いろいろなことに注意が行き届いているときに実現しており、まわりの刺激を受けながら、意識が付いたり離れたりしている状態だというのです。

先生の話を聞きましょう。

私は電車に乗るとき、いつも吊り革を握らずに立って雑誌などを読んでいる。それでいて電車が揺れても倒れないし、乗換えの場所も間違えず、またスリにもやられない。つまり、四つのことに同時に心が働いているわけであり、こんなときにかえってよく読書ができるのである。そのわけを説明すればつぎの通りである。われわれ人間の注意作用には、緊張と弛緩のリズムがあって、一つのことに対していつまでも同じ強さの緊張で注意を集中し続けることはできない。無理にそれをやろうとすれば頭がボーッとするだけである。だから、同時に多くの事物に触れて注意が多角的に動いているときに精神はもっとも緊張し、従って本も良く読めることになるのである。

コントロール至上主義をどう克服していったか

ここまでお読みになっておわかりのように、その頃の私は、「心というものは自分の意志でコントロールできる」と考えて生きていたのです。それではこうしたコントロール至上主義を、私はどうやって克服していったかという点ですが、それはＮＨＫの「訪問インタビュー」という番組を見たことが転機となりました。

あれは確か、「野口体操」の提唱者野口三千三先生が、実演を交えながら理論を解説するという内容だったように記憶しています。

「まだ力が入っている。もっと力を抜いてください」とインタビュアーのアナウンサーに話しかける、その不思議な迫力に圧倒され、私は翌日、先生の著書を求めて書店に駆け込み、手にしたのが『原初生命体としての人間』〔岩波現代文庫〕という本でした。

野口先生の言葉です。

意識・意志・理性……は、いわゆる「こころ」と呼ばれるものの主体ではなく、したがって指令を発して他に命令を下すものではなく、非意識の自己の総体（原初生命体）が主体であって、その主体が意識を創りだし、それを使い利用するのである。したがって、行動が阻止されて意識・意志と呼ばれるような働きを必要とするときだけ、そのような働きが現れるので、意識・意志というものがあるのではなく、そのような働きがあるだけである。

「意識・意志・理性がこころの主体ではなく、非意識の自己の総体（原初生命体）が主体である」という野口理論が、その後の私の生き方に大きな影響を与えたのはなぜなのだろうかと、いま振り返っています。

当時の私は、「意志によって人生を切り開いていく」という生き方に強くあこがれ、「うまくいかないのは意志が弱いから」という考え方に立って、ガス栓の確認につまずいている自分を責めつづけていたのです。それだけに、野口理論から受けた衝撃の大きさは、はかりしれないものがあったのです。野口理論はさらに迫ってきます。

人間の行動にとって意識が決定的に重要だ、という前提があり、そのことに何の疑いももっていないようだ。ことばをかえて言うならば、無意識に行動するのは下で、意識的に判断し行動するのが上である、という考えであるらしい。

まさにこのときまで、私はそのような日々を生きていたのです。さらに、先生の解説を聞きましょう。

私は、できるだけ広い範囲のことについて、なるべく反射的に行動することができ、反射的に行動することができないことは、ほんのわずかなことだけで、そのわずかなことについてだけ、意識的に判断する。それも、やがて反射的に行動できるようになり、意識的判断という働きは次の事柄のために、いつも休んで待機している、といった在り方がよいと思っている。

確かに、「はじめは意識的に動いていても、慣れてくるにつれ反射的に行動できるようになる」というケースは、たとえば自転車の練習なども、乗れるようになるにつれてハンドルを反射的に操作できるようになってくる、ということからもわかります。そういえば、森田先生もこんなことを言っておられました。

変わった新しい刺激や経験には多くの注意を要し、強く意識をともない、慣れたことや平凡なことには多く意識をともなわない。たとえば、音楽の練習でも、小刀細工でも、始めは細かな注意を要するけれども、慣れた後にはただ大体を意識するのみである。また、私たちが煮豆をはさむ箸でも、その指の使い方は、どんなふうにしているのか少しも気がつかないようなものである。〔『神経質の本態と療法』〕

このような身体の自然のメカニズム（無意識）への信頼を基底にした理論に背中を押されるようにして、私は「反射的に行動することの快感」を手にしていきました。そしてこの歩みこそ、森田理論の自然的世界観とも呼応し、私がコントロール至上主義から自由になっていく道でもあったのです。

いま、随所に赤線が引かれ書き込みの入った『原初生命体としての人間』をふたたび手にしてみますと、「なんとかしなくては」と必死になって強迫行為と向き合っていたあの頃のひたむきさが伝わってきます。ひときわ太い赤線が引かれた箇所を書き出してみましょう。

意識の存在を忘れよ。そのとき意識は最高の働きをするであろう。筋肉の存在を忘れよ。そのとき筋肉は最高の働きをするであろう。脳細胞一四〇億のすべてを休ませよ。そのとき脳は最高の働きをするであろう。動きは意識の指令によって起きるのではなく、イメージによって生まれるものである。

したがって、意識的にやるとうまくいかない、ということは当然のことで、「人間はもともと意識で思うようにコントロールできるようにはできていないのだ」ということであり、「どのような状態を準備すれば、好ましい適切な自動制御能力が発揮されるか」というところに問題の鍵がひそんでいるのである。

こうした野口理論に助けられ、私の森田理論学習は新たな局面を迎えることになりました。そうです、意志至上主義の中でうごめいていた私が、「五感（無意識）への信頼」という方向へ舵を切っていったからです。

生活の発見会との出会い

長谷川洋三先生の笑顔

私は森田理論を入院せずにいわば独学で、のちには「生活の発見会」という自助グループの支えを受けながら学んできました。

こうした自助グループ活動の利点としてはいろいろありますが、なによりうれしいことは、同じ症状をもった仲間の支えや励ましを受けることで、自分を受け止められるようになることです。さまざまな心のトラブルの根底には「自己否定感」があることを考えると、「自己受容」のきっかけを作る自助グループの存在意義は、もっと見直されていいように思われます。

そもそも、私が生活の発見会と出会ったのは、朝日新聞の日曜版に同会の活動が紹介され、その記事を読んだことがきっかけでした。それまで私は一人で森田理論を学んでいましたので、「こんな理解の仕方でいいのだろうか?」という不安と、また同じ症状の人と親しく話をしてみたいという気持ちが強かったからでしょう。あれから三五年、長さだけはすでにベテランの域に達しています。

入会後間もなくして、私は当時生活の発見会の会長をされていた長谷川洋三先生に個人面談をお願いしました。そのときの相談内容や、先生からどのようなアドバイスをいただいたのかは、今となってはよく思い出せませんが、先生の笑顔だけはつぎのような光景とともに、私の脳裏に焼き付いているのです。

面談の当日、丸ノ内線の茗荷谷の駅で地下鉄を降り、地図を頼りに迷路のような細い路を行ったり来たりしながら、ようやくたどり着いた発見会の事務所は、小さなアパートの一室でした。しばらく長谷川先生と雑談をして、いよいよこれから本格的な相談に入ろうとしたとき、隣室の電話が鳴り先生は席を立って行かれました。

そのときです。台所からヒューヒューとお湯が沸く音が聞こえてきたのです。なにしろ私はガス栓にとらわれている人間です。「そんなものとはかかわりたくない」と聞かないふりをして、そのまま座りつづけていました。

ところが、そのうち、やかんの蓋がカタカタと激しく音を立てはじめるではありませんか。「なんということだ、こんなところまできてガス栓に追いかけられるとは」と自分の運命を呪いながら、仕方なく私は台所へ行ってガスを消し、やかんの湯をポットに移し先生を待っていたのです。

ほどなく、「待たせたね」と言って先生が戻ってこられ、私が、「お湯が沸きましたので、ポットに入れておきました」と伝えると、先生は、「確認という症状もちのあなたには大変でしたね」と笑いながら、いたわりの言葉をかけてくださったのです。

これだけのたわいないことでしたが、今でも、台所へ立っていくときの強い緊張感が、面談の帰り道に見た美しい桜とともに思い出されるのです。

練馬集談会に参加して

私が練馬区役所の石神井庁舎で開かれていた「練馬集談会」へ参加するきっかけを作ってくださったのも、長谷川洋三先生でした。それというのは、当時私は、都心から郊外へ居を移すとともにしだいに発見会の活動から遠のき、ただ、会の機関誌を購読するだけの会員になっていたからです。

先生はおそらく、そのことを心配してくださっていたのでしょう、「今度、一〇周年の講演で練馬集談会に行くので、きみも都合がついたら顔を見せにこないか」と誘ってくださったのです。早速、私は先生にお目にかかるために出かけていきました。ところが、どうでしょう、それがきっかけとなり、その後も練馬集談会に参加するようになり、とうとう代表幹事にさえなってしまったのですから、人生はわからないものです。

いま振り返ると、練馬集談会に参加したことが人生の大きな転機となったような気がします。そのきっかけの一つは機関誌の発刊でした。

月に一回という話し合いだけでは、仲間のみなさんの思いや苦悩を知ることには限界があり、機関誌を作ることによって心の奥底にただよう気持ちを言葉にしてもらえれば、という思いから発刊することにしたのです。

それまで私は、レポートや仕事関連の文書を起草したことはありますが、自分の気持ちを言葉にするという作業ははじめての経験でしたので、創刊号の誕生は、仲間の協力があったもののなかなかの難産でした。しかし、原稿を書き上げてみると、私は、いままで味わったことのない壮快感に気づいたのです。これが、自己表現の手立てとして〈書くこと〉を手にした瞬間でした。それからは、毎月、心の奥深くに仕舞われた〈感じ〉や〈思い〉を掘り起こし、言葉にする作業が始まりました。

書くことは心の処方箋

書くことが心の癒しにつながるということを痛感したのは、機関誌創刊号の原稿を書いていたときのことです。素材となったのはつぎのような私の体験でした。

私が森田療法の入院治療を経験しなかったのは、森田先生の本の中に、「私のこの療法は、理解のよい人は私の論文や著書のみによって治ることができる」と書かれていたため、それなら、「入院しないでやれるところまでやってみよう」という気になったからです。

しかし、このことがよかったのか悪かったのか後々まで響いて、少し状態が悪くなると、すぐに「あのとき、入院しておけばもっと早く治ったのではないか」という繰り言が飛び出してくる始末でした。そうした思いが吹っ切れないでいるとき、たまたま医師に依存した入院生たちと出会う機会があり、彼らの姿を見ているうちに、「たしかに独学は回り道になるかもしれないが、その分、主体的に学ぶ喜びがあるのではないか」という気持ちになり、入院へのこだわりを払拭できたのです。

このような体験を言葉にしながら原稿にまとめているうちに、それまで漠然としていた感じやイメージが、「そこに描かれた経験」としてはじめて明確に意識することができたのです。どんな体験でも、そのまま放置しておけば遠からず忘れられてしまうでしょう。しかし、言葉に綴ることによって「そういうことだったのか！」とはっきりと意識され、心が癒されるということを実感したのです。

かつて私は、「人が思想をもち得るのも、書き言葉によって文を書くことによってであり、それ以外の手段では思想をもつことはできない」という言葉を目にしたことがありますが、まさに〈書くこと〉は、漠然とした体験に言葉を与え、それを〈思想〉にまで成熟させていく魔術だといえましょう。

生泉会の仲間とともに

生活の発見会の会員の多くが「対人恐怖症」であるということもあってか、私のような強迫神経症（強迫観念・強迫行為）の悩みはなかなか理解されにくいという声を耳にしてきました。確かに「神経症」という悩みの本質においては変わらないのでしょうが、強迫神経症にはそれ特有の悩みがあり、その意味でいうと「体験してみないと本当のつらさはわからない」ということかもしれません。

それならば、同じ症状の体験者が集い、支え合おうではないかということで誕生したのが「生泉会」です。生活の発見会の本部で開かれる例会（年四回。他に年一回合宿）には、多くの会員が集います。

やはり、同じ体験者同士ということもあって、たがいに深い共感が得られ、また、「おかしなことをやっていると思っていたが、自分だけの特殊な体験ではない」と気づき、ホッとされる人が多いのも、この会の特色といえるでしょう。

私も生泉会に参加してすでに一三年が過ぎようとしています。これまで長い間、生活の発見会の集談会に参加してきましたが、そこでは得られなかったものを生泉会では味わえるような気がします。それは、会の性質上、「強迫神経症」というものに焦点を絞ってその特性を探ることができるからでしょうか。

拙いながらも、自分の思いを聞いてもらい共感してもらうことで、私独自の考え方が、少しずつ普遍性を得られるのも大きなよろこびです。「あなたのアドバイスで少し楽になりました」と伝えてくださる参加者の笑顔が、これまで生泉会に関わってきた私の原動力だと思っています。

ただ、残念なことは、少し楽になるとすぐに退会していく人がいることです。元気になった秘訣を、自分だけのものにしないで人のために役立てたとき、その体験知は「一つの技法」として普遍性を獲得し、生きる力になっていくのではないでしょうか。是非、私たちに伝えてください。そしてたがいに成長していけたら、と願っています。

カウンセリングを学んで

生活の発見会では、森田理論や会の活動を初心者の方々に知っていただくために、「初心者懇談会」を開設していますが、私も世話人の一人としてその月の懇談会に参加し、初心者の方々の悩みに耳を傾けていました。

ところが、ある青年の悩みがうつ状態に関するものであったこともあり、体験のない私にはなかなか共感することができず、悩みの深いことが青年の表情から伝わってくるだけに、申し訳ないような、情けないような気持ちに駆られたのです。「もっと、なにか青年の気持ちが楽になるような言葉をかけてあげられたのではないか」という無念の思いが、のちにカウンセリングを学ぶ動機となったのです。

カウンセリングの学習で印象に残ったことは、クライエント（来談者）の話を共感しながら聴くことの重要性はもちろんのこと、自己の内奥にある心の声に丁寧に耳を傾けることの大切さでした。

その頃の私は、ともすると行動することを重視するあまり、そのときの身体の感じや感性、感覚などのありように注意を払わずにいることが多かったからです。何を勘違いしたのか、強迫行為で味わう強烈な不快感を流して取り合わず、ただひたすら行動することが森田理論だとさえ思い込んでいたのです。

こうした日常も、「感じから出発せよ」という森田先生の声に呼び覚まされるようにして、ようやく〈感覚〉へ回帰するという方向に動きはじめ、しだいに私は強迫行為にはそれ独特の不快感があることを知って強迫行為への誘惑を断ち切ることができたのです。何よりもあの確認行為でさえ、「身体の感じにすがってやる」ということを覚えて楽になっていきました。このことはまた、章をあらためて説明したいと思います。

聴く力を育てる

長く私を生活の発見会活動に繋ぎとめた要因の一つには、他者の心の成長（気づき）の現場に居合わせることの感動があったように思います。

その一つをお話ししましょう。

ある地方の集談会にお邪魔したときのことです。「体験交流」の話し合いのなかで一人の青年がこう話されたのです。「最近、上司に怒鳴られ、気持ちが落ち込んでいる」と切り出しました。どうやら、ふだんからその上司とはそりが合わなかったようですが、今回の落ち込みの発端は、「今頃こんなことを聞いてくるようでは駄目だ」という上司のひと言だったとのことでした。引き続き彼の話を聞いていると、次第に話の流れが変わってきたのです。

「考えてみると、ぼくのほうにも落ち度があるように思います。新制度になってだいぶ経っているのですからそろそろ慣れてもいい頃で、確かに上司が言うように、いまだにあんなことを聞くようでは、怠けていると思われても仕方がないと思います。」

ふと、彼の横顔を覗くと、先ほどの苦しそうな表情がいくぶん軽くなっているようでした。

そのとき、同席していた仲間の一人が、彼に尋ねました。

「上司から怒鳴られたとき、あなたの中に怒りはわいてこなかったのですか？」

彼は、しばらく沈黙した後、こう語りだしました。

「そうですね。そう言われてみると、怒りはありましたね。ぼくだけが何でこんなことで怒鳴られなければならないのかって……。今、あらためて気づいたんですが、自分が怒りを感じたことを意識していなかったというか、忘れていたというか……。どうしてなんでしょうか、いつも、ぼくはこの怒りを感じるのが苦手なんです」

すると別の男性が、「実はわたしも、怒りを感じるのが苦手なんです」と話の輪に加わり、しばらくその話が続いていきました。


深い話し合いが行われるためにはよき〈聞き手〉の存在が欠かせないことを、このケースは物語っています。

それでは、「よき聞き手とは何か」とあらためて問い直してみても、なかなかはっきりした答えは見つかりませんが、かつてある先輩からいただいたアドバイスは、今でも私の心に残っています。

「〈聴く〉ということは、音楽にたとえると〈伴奏〉にあたるから、メロディー〈相談者の話）より強い音が出ないように、メロディーがしっかり聞こえるように心がけること。」

相談を受けていると、私の〈伴奏〉だけが高らかに奏でられ、話し手のメロディーがどこかで立ち消えになっていることに気づくときがあり、相談者の気持ちを受け取りながら聞き入るということは、実にむずかしいと痛感しています。

その上、私のように長く活動していると、どうしても、「自分のつかんだ森田理論」に初心者の方を導こうとしてしまいがちです。それだけに、精神科医神田橋條治先生のつぎのような言葉は、肝に銘じておきたいと思っているところです。

よくまちがえるんだけど、精神療法は非常に影響力が強い分野なもんですから、自分のたどってきた人生が、あべこべに、精神療法という文化の中に溶ける危険がある。そうならないことが大切ですね。すべてが精神療法の世界に溶けていくと、みんな、似たような人間の集まりになっちゃうわけね。そうならないことが大切、みんな、それぞれ違う過去を背負って、遺伝的にも、いろんな違うものを背負っている。そちらが屋台骨ですから、その中へ、精神療法で修得したものが統合されていくように、吸いこまれていくように、ということを、いつも考えていることがだいじです。そうすれば、みんな一人ひとりが、違う精神療法家になり、違う考えを持った人になり、そして、それぞれが習得した技法も、いくらかずつ、その人独自の使い方を生かしていくように、改変されるはずなんです。そうでなかったら、つまらない。

何がつまらないかというと、いちばんつまらないのは、――精神療法も一つの文化ですから、文化なりの価値観を持っていますから、――その価値観の中に、自分の人生が、しゅーっと吸いこまれてしまっているような集団の人たちが行う精神療法は、どういうものになるかといったら、今度は、自分が相手をしている人たちがずーっとたどってきた人生を、自分たちの考えの価値観の中に、吸いこんでしまって、全人格を、ワンパターンというか、ある一色に染めつけてしまうような治療になってしまうのね。しらずしらず、なってしまう。

〔『治療のこころ』 花クリニック神田橋研究会〕

Ⅱ　私がつかんだ森田療法——森田先生からのメッセージ

現在、強迫神経症に苦しんでいる人は、相当な数にのぼることでしょう。九州大学医学部付属病院精神科行動療法研究室のホームページ（強迫性障害）にアクセスする人がふえつづけているという一事をみても、それは推察できます。

そういう人たちは、どのような治療を受けているのでしょうか。もし、何の治療法とも出会うことなく、依然として苦しい日常を強いられているとしたら、残念でなりません。

今日、神経症の治療法として、もっとも広く行われているのが薬物療法です。しかし、それも種々の限界があり、万能というわけにはいきません。次いで普及しているのは、曝露反応妨害法で知られる行動療法です。強迫神経症の精神療法としては、他に、わが国で生まれた森田療法がありますが、残念ながら、いま挙げた二つの治療法ほど知られていないのが現状です。そこで、強迫神経症の体験者がつかんだ森田療法のアウトラインをスケッチしてみたいと思います。

〈創造の賦活者〉としての森田正馬先生

暮れも押しつまったある日の生泉会でのことです。大勢の出席者のなかに、見るからに元気がなく、悩みが深いことをうかがわせる一人の女性がいました。私は、彼女が伏し目がちに症状を語るのを聞きながら、「こんな重症の人は見たことがない。生活の発見会という自助グループだけで対応するのは少し無理なのではないか」という思いにかられたのです。それが、そのときの偽らざる感想でした。

ところが、それから二年半後の六月、生活の発見会の機関誌を手に取り、何気なく体験記の欄をめくっていたときのことです。何とそこに、症状から立ち直った彼女の体験記が掲載されているではありませんか。私はその体験記を読みながら、「このTさんは、本当にあのときの彼女なのだろうか？」と、驚きを隠せませんでした。体験記の掲載から半年後の十二月二十三日、再び彼女は生泉会に姿を見せました。今回は「悩める人」としてではなく、「体験を語る人」として、私たちの参加要請に応じてくれたのです。

そのときのテープが、いま、私の手元に残っています。

「今日は、三年前の十二月二十三日に出席したときと同じ服装で参りました」と語る彼女の凛《りん》とした第一声からは、とても三年前のあのか細い声の主と同じ人には思えませんでした。私は、背筋をまっすぐに伸ばし、力強く話す彼女の声を聞きながら、森田正馬の教え子の一人である舘野健氏が、先生を「創造の賦活者」と称えていたことを思い出していたのです。氏は、「森田療法の中核をなすものは、実に森田先生自身の自己の創造力に対する明確な認識であった」とし、「己の持つ真の創造力を知る人にしてはじめて、非創造のかたまりみたいになった患者に創造力を賦活することができる」と語っています〔「生活の発見」No.15〕。

人はまさに、森田先生との出会いによって、失った〈人間としての誇り〉を取り戻す作業に取りかかるのかもしれません。

森田先生の意気込み

森田療法は、森田正馬（一八七四〜一九三八）という精神科医が創始した神経症の治療法です。亡くなってからすでに七〇年の歳月が流れていますが、神経症発症のからくりを解き明かした業績は二十一世紀の今日もなお燦然《さんぜん》と輝きを放ち、神経症に悩む人々を救い続けているのです。

現在、森田療法の世界を知るには、森田先生の著書である『神経衰弱と強迫観念の根治法』

や『神経質の本態と療法』〔白揚社〕から入るのが一番の近道でしょうが、忘れてならないのが、森田正馬全集の第五巻に収録された「形外会」（座談会）の記録です。
これは、晩年先生がもっとも力を注いだ仕事で、森田療法の真髄が随所に織り込まれていて、同療法の集大成ともいえる作品になっています。
この本の巻頭で森田先生はこう述べています。

現在、神経衰弱症に悩んでいる患者は、神経質とか神経衰弱とかいえば、人聞きが悪く肩身が狭いかと思う。それが、余の精神修養療法によって、ひとたび全治すると、初めて自分が神経質の素質に生まれたのは、かえって恵まれた運命のもとにあることを悦び、むしろ誇らしく感じるようになり、これまで神経衰弱と思っていたのは、実は神経の衰弱でもなければ、身体の虚弱でもなかったということを体験会得するようになるのである。

当時、神経症は「神経衰弱症」と呼ばれ、文字どおり、「神経の衰弱から起きる」と一般に考えられていたようです。これに対して森田先生は、「神経質者が、頭痛や不眠に悩むのは、ただその悩むがために悩むのではない。もっと朗らかに、何とかしてクリアーに思う存分勉強がしてみたいという欲望に燃えるがための反面の悩みである」と説き、通説に真っ向から異を唱えました。その意気込みは、「余の唱えるものは、従来のものとは全くその解釈が違う」という言葉となって現われており、自説の独創性に相当の自信をもっていたことが窺われます。

ところで、森田療法の創始者森田正馬博士とは、一体どんな人物だったのでしょうか。それを探る手がかりの一つとして、先生の門弟や患者の方々が森田先生の思い出を記した『形外先生言行録』〔森田正馬生誕百年記念事業会〕をひもといてみることにしましょう。

まず、高弟の一人で慈恵医大教授として跡を継いだ高良武久《こうらたけひさ》先生は、森田先生の風貌を描写して、「われわれの知っている博士は顔色蒼白にして痩軀鶴のごとく、やや前屈の姿勢であった。髪は半白、鬚もそうで、いずれも短く刈り込んであった。面長で顎は強く張り、一見無骨な相貌ながら、眼にはなんとなく慈味があり、微笑に人を魅する優しさがあった」と記しています。

森田先生は若いときから病弱で、とくに晩年の一〇年間は、持病の喘息と呼吸器病のために病床についておられることが多かったとのことです。そのようなハンディを抱えながらも、自己の神経質体験を踏まえて「神経症のからくり」を探求し、「悩める者を救いたい」という生の欲望のかがり火は、終生燃え続けたのです。

ここで、森田先生の診察を実際に体験した清水鏡三氏の話を聞くことにしましょう。当時の診察の模様が、手に取るように伝わってきます。

本郷駒込蓬莱町のお宅で、先生にお目にかかったのは、昭和十一年四月であった。先生はこの頃肺炎を患まれた後で、母屋の二階の、三間つづきの一番奥の部屋に療養しておられた。

その部屋のつぎの間の前の廊下に、簡単な机が一つ置いてあって、それをはさんで、先生とお会いしたのであった。

先生はそれまで床に就いておられたらしく、白い頭髪と口髭の伸びが目立って見えた。絹布の柔らかそうな感じの無地で茶褐色の、揃い羽織を重ねられた和服姿で、白い大きな帯をしておられた。首には、これも絹の布を巻いておられた。どこか村長然とした感じであった。奥の間には、床が敷いてあるのが見えた。

応待しておられる間、先生はうつ向き加減で、始終大きな懐中時計をいじっておられたのが印象的であった。廊下のガラス戸からは、庭が見下ろされ、芝や植込みの間に、遅咲きの桜の花が満開であった。

このような雰囲気のなかで始まった森田先生による診察、そのときの先生の言葉を清水氏はしっかりと心に刻みつけています。

「仕方がないものをどうするとか、どうしたらといったところで、仕方がないものは仕方がない。もし満足するような答えを得たかったら、修養家のようなところへ行ったらよかろう。そうすれば納得ゆくような答えが得られよう。その代り却って悪くなる。要領を得ないのは、求める方が間違っているからだ。」

神経質の先達としての〈眼〉は、患者の中の甘えを見逃しませんでした。「要領を得ないのは、求める方が間違っているからだ」と突き放す師。ここにはまるで禅の道場にも似た張り詰めた空気が満ちていて、「生きることの真実に目覚めて欲しい」という先生の気迫が痛いほど伝わってきます。

清水氏は、それから四〇年近くたった後、「このときの先生のことばを思い出すと、氷のような冷たさと、と同時に名刀のような切れ味のするどさが感じられて胸うたれる」と述懐しています。

また、森田医院を退院した後も六年間、森田先生が亡くなるまで側に仕え、指導を受けた啓心会（生活の発見会の前身）の創設者水谷啓二氏は、先生の人柄を知るうえでの貴重なエピソードをつぎのように語っています。

森田先生は、患者たちのいる前で夫婦けんかもやられ、それが患者に対する話の材料になるのでした。また、一人息子を亡くされたときには非常に悲しまれ、みんなのいる前で大声を放って泣かれました。このような怒りや悲しみが自分だけに起きる特殊な現象であるならば人前で隠す必要もありましょうが、人間なら誰にもあることですから、とくに隠す必要を感じられなかったわけであります。このように、先生は自覚が深く、悪智のカケラもなかったので、声を放って泣かれたかと思うと、つぎの瞬間には患者に話をしたり、笑顔で人と応待もするという具合で、心の転換が非常に早く、悲しみにとらわれて仕事にさしつかえるようなことはありませんでした。〔「生活の発見」No.11〕

「森田先生のお人柄を示すエピソード」といえば、もう三〇年以上も前のことになりますが、森田正馬生誕百年記念講演会で先生の愛弟子の古閑義之《こがよしゆき》先生からうかがった話も、忘れられません。その内容はほぼつぎのようなものでした。

森田先生が古閑先生のご自宅を訪問されたときのことです。古閑先生は、おいしい料理やお酒で先生をもてなし、森田先生も大変満足されてお帰りになったのです。ところがその帰り道でのこと、見送りに出られた古閑先生は森田先生から、思いもよらないお小言を頂戴する破目になるのです。「おまえは何という冷たい男か。これまで俺はおまえを自分の子供のように思って接してきた。それなのに今夜、俺がもう酒はいらないといって杯を伏せたのに、おまえはせっかくですからもう一本どうですかとすすめたではないか。かりに俺がおまえの本当の父親であったら、おまえも父親の身体を気遣ってあのように酒をすすめることはあるまい。」

森田先生は身体が弱かったため、日頃から体調にはずいぶん気を遣っておられたようで、ふだんから好きな酒もできるだけ飲まないように工夫されていたのです。それだけに、「家中あげての接待」とはいえ、森田先生にしてみれば、古閑先生の姿勢が「配慮を欠いた」と映ったのでしょう。

一方の古閑先生にすれば、「家中あげてもてなしたのに、こんなことまで言われるとは心外だ」と反発する気持ちがあったであろうと想像できます。しかし、古閑先生はこの講演の中で、「本当の真心とは相手の身になることであり、他人と自分とを区別することではないということを、骨の髄までたたき込んでくださったのです」と、師である森田先生に感謝の気持ちを述べられたのです。

この話を満員の聴衆の一人として聞き入っていた私は、「森田先生という人は、こういう呼吸で人々と向き合っていたのか」と、その強烈な個性の発露にただただ圧倒されながらも、人として生きていくうえでの根幹にかかわることを教えていただいたという思いで会場を後にしたのです。

〈欲望〉に目覚めた人々

頭痛・不眠・強迫観念といったすべての神経症の症状は、「こんな苦しい状態で一生を終わりたくない」という強い生の欲望の反面であるとする森田先生の考え方は、一体どのようにして生まれたのでしょうか。その秘密を解く鍵は全集第五巻に記されたつぎのエピソードにあるように思われます。

大学一年級のとき、大学の先生が脚気と神経衰弱とであるというので、一年中、薬を飲み続けた。試験前になって父から金を送ってこない。親父に面あてに死んでやれと思い、薬を飲むことをやめてむりやりに勉強した。その結果は脚気も神経衰弱もどこへやらなくなってしまい、そのうえ試験の成績も上出来であった。後で思えば、それは脚気でも神経衰弱でもない。実は神経質というものであったのである。

当時神経症に苦しんでいた森田先生にとって、まさに「転機」ともいえるこの原体験がのちに、「不安や恐怖といった神経症の正体は、生の欲望が形を変えたものにすぎない」という森田療法の核心的な思想へと結晶していったのです。

森田理論と出会い、「不安や恐怖という症状の背後には、強い生の欲望が隠されている」と聞かされても、症状に苦しんでいる最中には気になっている〈不安〉を取り除くことに夢中で、なかなか〈欲望〉の存在には気づかないものです。

森田先生は『神経衰弱と強迫観念の根治法』で、「強迫観念やその他神経質の種々の症状を起こしたものは、もっぱらその恐怖にとらわれるために、そのことばかりにかかずらい、人生に対する欲望を捨ててしまったように見えるだけのものである」と指摘していますが、「ガス栓の確認」という強迫行為に明け暮れていた頃の私は、まるで「強迫行為をなくすこと」が人生の目的のように感じられ、欲望のかけらさえ意識することはありませんでした。

それでは、森田先生の謦咳《けいがい》に接した人々はどのようにして〈欲望〉に目覚め、立ち直っていったのでしょうか。

先の患者の方は、二十歳のとき化膿性肋膜炎を患い、二度の手術を試みるも経過は思わしくありませんでした。その後の治療の甲斐もなく病は膠着状態となり、なんとか三度目の手術によって進展をはかろうとしますが、なかなか踏み切れず、「このままでは学生生活に戻ることも、勤めに出ることもできない」と思い悩み、森田先生の診察を受けたのです。

「これ以上の手術には、その後の生活の自信がない」と嘆く患者に、森田先生は診察の最後に、こう言って励ましました。

「心の中はどうでもよい。とにかく、仕事にしがみついてみること。そのうちに興味が出てくる。」

青年は、森田先生の助言を受け入れて手術を断念し、生活に立ち向かう決心をします。その後は会社員として無事に勤め上げることができ、症状もいつの間にか治癒したとのことです。一体何が、彼の欲望を目覚めさせたのでしょうか。

彼はこう言っています。

「私が二カ月余りの入院で学んだことは、徹底した事実への認識と、その事実に対する服従ということである。」

ここでもう一人、自己の内なる〈生の欲望〉と出会い、立ち直りのきっかけをつかんだ人の話を聞きましょう。

彼は現在、生泉会の世話人をしていますが、対人恐怖や疾病恐怖で長い間苦しんできました。数年続けた仕事も、体調不良に対する強い不安からやむなく退職し、日々をアルバイトでつないでいたある夏のことです。ビラ配りの仕事が終わり、自宅のある階に向って階段を上っていたときでした。

酷暑の疲れからか、グラッと身体が傾き、「倒れる！」と思ったその瞬間、何と、彼の力強い足腰が倒れかかる身体をしっかりと支えたではありませんか。「そのとき、私は救われたと思いました。私の人生の中で、はじめて自分の内から湧き上がる力強い自己を発見したのです」と彼は語っています。

「駄目な人間」と自己を否定し続けた彼の身体のどこに、そのような強い力が存在していたのでしょうか。「なんとかしなければ」とはからい続けた日々――しかし、彼のそうした観念優位の生活を超えて瞬時に発動した力強い身体の動き、まさに彼が、〈身体〉という現実に目を覚ました瞬間だったのです。

彼の言葉です。


そのときまで、私は《自信とは、何ごとかを為し遂げて身につけていくものだ》とイメージしていたのです。あの体験によって症状が消滅したのかといえば、依然として日常生活に変わりはないのですが、ただ、逃げまわるしかなかったこれまでの自分を、あの階段の力強い自分にすがりつくかのように、自然に落ち着かせることができるようになりました。

不安の反面にある〈生きる力〉、彼は、自己の内なる力と出会うことによって、「不安と欲望の両立」という世界を実感することができたのです。たとえ彼のように欲望を実感できなくとも、ハラハラしながら手を出していくうちに、不安と感じていたものがいつの間にか消え失せ、自己の〈内なる力〉の存在に気づかされるに違いありません。要は、諦めないでどこまで粘っていけるかにかかっているように思われてならないのです。

森田先生は「欲望」について、「自分自身の中から自然発動してくるもので、それは生の力であり、あたかも宝石が光にあってその麗光を放ち、春にあって草木がその生の力を発揮するようなものである」〔『神経衰弱と強迫観念の根治法』〕と語っています。

症状にとらわれ一片の欲望さえ見いだすことができなかった人々が、「庭に出ればいつとはなしに何かに手を出すようになり、あるいは庭の隅々から掃除をし、植木を世話し、観察研究をし」というように、心身の自然発動のなかに生かされている姿。これが、森田療法が描く治癒像と言えるのかもしれません。

森田療法の誕生

森田療法の誕生秘話として、つぎのような話が伝えられています。

森田先生は、長らく精神病院に入院したものの治癒に至らなかった不潔恐怖症の患者を自宅に引き取り、催眠術や説得療法をはじめあらゆる方法で治癒させようと試みたそうです。しかし、どうやっても効果が現れないため、頑固な森田先生もさすがにさじを投げてしまったところ、この患者は苦悩と絶望の果てに捨て身になったものと見え、忽然と治ってしまったということです。この〈偶然〉を考察研究して〈必然〉としたものが体験療法完成の基礎となった、と下田光造教授は語っています。

森田先生自身も治療法発見の経路については、「自己内省と患者治療の経験によるものである」と説明していますが、この「自己内省」には、先生ご自身の神経症体験も含まれていると見ていいでしょう。そのことを裏づけるように、先生は「従来私は、人生の苦痛煩悶を如何にすれば解脱し、安心立命を得ることができるかと、迷いに迷ってきたものである」と表白しています。

そういえば、「どの精神療法にも、創始者自身の心の危機を救済するという内的必然性がある」という言葉を聞いた覚えがあります。そうだとすると、森田療法の真の理解のためには、その背景にある森田正馬という個人が遭遇した〈心の危機〉について考えてみることも忘れてはならないでしょう。

先生は、幼少の頃に地獄絵を見たことがきっかけで「死の恐怖」に取り憑かれ、この原体験が、のちの「精神医学者森田正馬」誕生の遠因になったとも言われています。先生ご自身も、「少年時代から四十歳頃までは、死を恐れないように思う工夫をずいぶんやってきたけれども、〈死を恐れざるを得ず〉ということを明らかに知った後は、そのようなむだ骨折はやめてしまったのであります」〔全集第五巻〕と述べています。

まさに森田療法とは、先生ご自身の壮絶な自我との戦いによって体得した〈神経症解脱体験〉を、患者の治療を通して追体験することにより理論化したものと言えるかもしれません。

というのは、その著書が、われわれ神経症の体験者に世代を超えて読み継がれているのも、先生の貴重な実体験によって裏打ちされていることがひしひしと伝わってくるからです。

たとえばその一例として、先生は、「屋外でブリキ屋が立てる音はうるさいが、自分がブリキをたたいているときは少しもうるさく感じないのは、たたいている人がその音に調子を合わせているからである」とし、また、「船に酔う人でも、自分が船を漕ぐときは決して酔わないのも、船の動きに身体を合わせて反抗していないからである」という卓見を披露していますすが、これなどもただ頭で考えたことではなく、ご自身による実験の裏付けがあってのことと見てとれるからです。

この点に関して、青年時代に森田先生の訓導を受けたさきほどの舘野健氏も、「先生の一生は実践の連続であった。先生くらいあらゆることに手を出し、そして迷った人は少ないが、先生は常にひとつひとつ、己の肉体の行動というものをとおして確かめていかれた」(「生活の発見」No.5)と述懐しています。

神経症発症のからくり

神経質という性格傾向

森田療法においては、神経症発症の素地として〈神経質〉という性格傾向が重要視されています。これは、生の欲望の強い、内省力のある敏感な性格を言い、ちょっとした身体の変化にもすぐ反応して、「このまま いったら、思うように活動できなくなってしまうのではないか?」と心配する性格の持ち主といえばわかりやすいでしょうか。

この、〈神経質〉という資質をさらによく知るために、ここで神経質者であった森田先生のエピソードを一つご紹介しましょう。

先生が中学の寄宿舎にいた頃のことです。「森田はいつもニコニコしていて馬鹿のようだ」という悪口を耳にした先生は、「これからはけっして笑うまい」と決心して、一年間ほど顔をわざとしかめていたというのです。もっとも先生によると、この決心の少し前に「西洋人は応対のときにいたずらに笑顔を作らずにまじめに厳格にものを言う」という話を聞いていたことも与《あずか》っているとのことですが、それにしてもずいぶん思い切ったことをしたものです。

先生はその頃を振り返って、「笑わぬ修業もなかなか難しいものである」との感想を述べていますが、同時に「われわれ神経質はお互いにつまらぬことに骨折りをするものであるが、相当に持久力もあるものである」とも語っています。

「つまらぬことに骨折りをする」ということでは、私にも先生の「笑わぬ修業」ほどではないとしても思い当たることがあり、その意味でいうと持久力はともかく、〈神経質〉の素質は充分なようです。

ちなみに先生は、少年の頃はいつも愛敬がよく、村の老人たちに可愛がられていたということです。それが、この「笑わぬ修業」の結果、すっかり「笑わない癖」が身につき性格が気難しくなって、しまいには入院生に「先生は無愛想であった」という印象すら残しているほどです。

ともあれ、われわれはこの「笑わぬ修業」のエピソードによって、「何事も徹底的にやらないと気がすまない」という森田先生のパーソナリティの一面を窺い知ることができ、かえって先生に親しみを覚える人もいることでしょう。

ところで、神経質を〈素質〉すなわち先天性のものととらえる見解に対しては、「先天性のものなら治るはずがないから、〈森田療法で神経質が治る〉ということは後天性の根拠となる」という理由で、神経質の原因を後天性の養育によるものとする説もあるようです。

しかし森田先生は、「神経質の症状にはその後天性の影響がはなはだ重大であることは明らかである」としながらも、「僕の神経質療法は、神経質の気質の特徴を発揮するのが主眼であって、その原因たる第一印象を取り除くとか劣等感をなくするとかではなく、むしろその劣等感を徹底し発揮するにあるのであるから、〈僕の療法で治る〉という理由をもって神経質が先天性でないという証拠にはならない」〔全集第五巻〕と説明しています。

自分の思うようにやりくりしたい

森田先生も指摘していますが、一般に神経質傾向の人は、ちょっと頭が重かったり、精神がボンヤリすることが続いたりすると、「このままでは仕事や勉強の能率に差し支えるのではないか」と心配して、まず第一にこのような不快な容態を完全に治しておいて、それから仕事や勉強に奮闘しようとする傾向が強いようです。また、強迫観念の場合でいえば、心のうちに湧き起こる邪魔な考えや不快な気分を一掃して、それから十分に人生の幸福を享受しようと考えているように見受けられます。

そのため、自分にとって不都合な不安や緊張を何とかやりくりしようと〈はからい行為〉に走っていくのですが、やればやるほどかえって不安になり、緊張が高まっていくというのが人間心理の不可思議なところです。たとえば、重要な会議や試験に備えて、「今夜はじっくり眠らなければ」と思えば思うほど、目はランランと輝き、頭も冴えわたり、いっこうに眠りが訪れないという経験は、日頃どなたもされていることでしょう。

このように、不安や緊張といった〈感情の事実〉をそのまま味わうことなく、自分の望む方向に向けてやりくりすることが強迫神経症の発症につながる、というのが森田理論の考え方なのです。

心の置きどころの変化

これは私たちが日頃経験していることですが、感覚というものはそれに注意を向けると一段と敏感になり、その強くなった感覚がさらなる注意を呼び込むという循環が起きてくることがわかります。

森田先生は、この循環関係を〈精神交互作用〉と名づけ、本格的な神経症の状態である〈とらわれ〉に発展していく根拠としたのです。

ここで、〈はからい〉と〈とらわれ〉の違いを押さえておくことにしましょう。両者は似たような事象を指しているともとれますが、専門家の見解を参考にすると、はからいとは、楽になろうとしてあれこれ試みることをいい、とらわれとは、心が何かに釘づけになって動かなくなった状態を指すということのようです。

ただ、大事なことは両者の違いを概念的に理解することより、はからい行為の繰り返しによって、自分がとらわれ状態に陥ってしまったことを、どこまで実感としてとらえられるかということだと思います。これについては、「客観視」の問題を考察するさいに改めて取り上げますが、私自身について見ると、自分が〈とらわれ状態〉に陥ったことを、「肩や首の凝り」といった身体感覚として感受することができるようになってからは、比較的楽にはからい行為にストップがかけられるようになった気がします。

強迫神経症の本態

森田療法では、強迫神経症（強迫観念）の本態をどうとらえているのでしょうか。森田正馬博士の解説を聞きましょう。

症例としてあげられているのはいわゆる「鼻尖恐怖」で、「患者は、試験勉強の最中にふと自分の鼻の先が目について、読書するにも常にこれが目ざわりになり、これを見ないように、気にしないようにしようとすればするほど、ますますそれが目につくようになった」というものです。

このケースに対する森田先生の言葉です。

読書のときなど下の方を見るときに、チラチラと鼻の先の目につくことは当然のことである。これが目障りになり、読書に対する精神集中の邪魔になることも当然である。しかし、普通の人は、これが少しも邪魔にならないし、また見えることとさえも気がつかないのである。それは、邪魔になることを当然のこととして思い捨ててあるからである。否、当然とも不当然とも、また、思い捨てぬとも何とも思わないからである。そのままである。あるがままである。

この学生は、のちには鼻の先だけでなく、胸の金ボタンやその他周囲のものまで何かと目先にいつもチラチラ見えるようになったとのことですが、実は私も、読書に集中しようとするとまわりのものがチラチラ目につき、それを「見ないようにしよう」と苦しんだ体験があるだけに、「普通の人は邪魔になることを当然のこととして思い捨ててある」という森田先生の言葉はこたえました。

引き続き先生の言葉を聞きましょう。

何かの場合にふと鼻の見えることに気がつく。「うるさい、うるさい」と思う。ますます邪魔になる。これが「執着」である。ここまではまだ強迫観念ではないが、「鼻の先を見ないように、感じないように、思わないようにしよう」とすることからはじめて強迫観念が発展するのである。

もっとも、これは体験してみるとわかることですが、「鼻の先が見える」こと自体が苦しいのではありません。チラつく鼻の先を、「見ないようにしよう」とはからうことから苦しみが始まるのです。また、「ガス栓の確認」のケースでいえば、「ガス栓が閉まっていないのでは?」という不安自体が苦しいのではありません。「不安を感じないように」と確認を繰り返すことから苦悩が生まれるのです。

このような心の状態を「煩悶」あるいは「葛藤」とも言いますが、このことについて、森田先生は全集第五巻でつぎのように説明しています。少し長いですが、引用してみましょう。

「金がなくなった」「働かなくちゃならん」、そんなことは「煩悶」とはいわない。煩悶とは、心の葛藤です。欲望と恐怖との拮抗闘争です。「金がなくなった。残念なことをした」とか、「働かなくちゃならん。苦しいことだ」とかは、そのままであれば葛藤ではない。「あのときに、あんなことをしなかったらよかった。もしああしてあったら、こんな苦しい目にあわなかったろうに」とかいうのは、どうにもならぬ過ぎ去ったことをいたずらにかこつだけで、こんなことを繰り言という。

ただ、こんなことを繰り返し、思い出し、口走るたびにこれに関連した悔しい残念な事柄ばかりを思い出して、苦しい思いが募るばかりである。ここまでは、まだ闘争ではなく葛藤ではない。この繰り言が果てしがなくて、心が滞り煩累を感ずるから、ついにはこれを思い捨てて、あきらめるようにとその心を圧迫・否定し、あるいは逃避し気を紛らそうとする。すなわち一方には「思おうとする心」と、他方には「思うまいとする心」との葛藤が起こる。これが煩悶である。強迫観念の原理も全くこれと同様である。

われわれは、苦しいことを苦しいと思い、残念なことを残念と思うのは、自然人情の事実であるから、腹が減ったときに食べたいと思うと同様に、これをどうすることもできない。これをそうでなくしようとするから、全く不可能のことで、あせればあせるほど、いたずらに奔命につかれるばかりである。これが煩悶であり、強迫観念であるのである。

森田先生の葛藤の定義は、実に明解です。

「金がなくなった、残念なことをした」、これだけなら葛藤（煩悶）ではないとし、葛藤の要件としては「欲望と恐怖の拮抗闘争」が必要で、「あのときあんなことをしなかったらよかった」といくら繰り言を繰り返しても、拮抗がない以上葛藤とは言えないと明言しています。

そして、「一方には思おうとする心と、他方には思うまいとする心との葛藤、これが煩悶であり強迫観念である」と、葛藤が強迫観念の必須条件であることを強調しています。

これまで見てきたように、森田療法では強迫観念を「煩悶」、すなわち「人生苦」と同一地平でとらえているため、私たちが神経症との悪戦苦闘の過程で得た数々の気づきを、「生き方のコツ」としても応用することが可能になるのです。

強迫観念を「生き方の問題」としてとらえ直すという、こうした森田療法の姿勢は、「強迫観念は脳の機能障害が原因」とする薬物療法や、強迫観念を「人生上の煩悶」とは異質のものとして治療の対象としている行動療法と比べると、その違いが一層はっきりすることでしょう。

森田理論は〈心〉をどうとらえているか

私はガス栓の確認にとらわれ苦しんできましたが、悩んでいるときには、どうしてこのように何度確認をしても「閉まった」という実感が得られないのか、不思議でなりませんでした。しかし幸いなことに、森田理論を学ぶことによって、なぜ自分が確認強迫に陥ったかが納得できたのです。それは、私が「心の仕組み」というものをまったく理解していなかったということに尽きると思います。それでは、森田理論は〈心〉をどうとらえているのでしょうか。早速、森田先生の話を聞きましょう。

先生は、「われわれの日常生活においては、心というものは常に、見るか、見ないか、逃げるか、逃げないか、机の上を片付けるか、片付けないかというふうに、必ず反対の心が闘っているものである」と語っています。

つまり、「見よう」と思うとそれに拮抗する「見ない」（反対観念）という心が浮かんできて、バランスを取っているのが人間の心だというのです。確かに、私自身の心を観察してみても、たとえば物を「捨てよう」とすると、「もったいない」という気持ちが同時に湧いてくるのがわかります。部屋の掃除をするときも、「きれいになった」という気持ちと「まだ汚れている」という気持ちの間で作業を進めていることに気づきます。

このように、「捨てよう」とすると「もったいない」という気持ちが浮かんできたり、「きれいになった」と思うと「汚れている」といった〈反対観念〉がわいてきて、われわれの行動はバランスの取れたものになっていることを思い知らされます。こうした心のバランス作用を森田理論では「精神の拮抗作用」と呼び、この作用を理解できるかどうかが、強迫観念（とくに加害恐怖）からの立ち直りの鍵といってもいいでしょう。

さらに、森田先生の解説を聞きましょう。

先生によると、ふいと心の調子が狂って自分の赤ん坊を踏み殺すことはないかという恐怖や、高貴の人や神仏を冒瀆することの恐怖等は、みな「そうあってはならぬ」という拮抗心から起きるというのです。

また、つぎのように解説しています。


ある人は、「愛児と散歩して崖のふちなどを歩くとき、愛児を突き落して、もがくありさまをながめてやろうという心が起こる」と言っている。もちろん、そんな心が起こるだけで、実行に移すようなことはない。「こんな考えを起こしては大変だ」と恐怖し、なくしようとすれば強迫観念にもなるけれども、そのままに見過ごせば常態である。われわれの心には、いわゆる拮抗作用というものがあって、「自分の子供を危険から保護しよう」という気持ちが起こると、それに対して反対の衝動が起こり、子供が健康なのを喜べば、「急病になったらどうしよう」という反対の気持ちが起こるのである。その一方の気持ちが強いほど拮抗作用も強く現れるのである。それはだれにもある「心の対抗」にすぎないから、それを恐れたり執着したりすることがなければ何でもない。それは稲妻のように心をかすめるだけで、けっして実行に現れるようなことはない。

〈精神の拮抗作用〉を体感して生きる

森田理論の勉強をしている人から、「あなたにとって、森田理論の中で一番役に立っているものは何ですか」と尋ねられることがよくあります。そのようなとき私は迷わず、「精神の拮抗作用です」と答えることにしています。

たとえば、重要な書類をＦＡＸで送信しようとするときなど、一瞬、「番号を間違えて送信してしまう」というイメージが頭に浮ぶことがありますが、私はこれが〈反対観念〉であることを理解していますので、そうならないように、慎重に送信するように心がけています。

もし、私が「精神の拮抗作用」（反対観念）に関する知識がなかったとしたら、おそらく

「送信ミスのイメージ」に圧倒されて、「何度も番号を確認する」という症状に陥ってしまったことでしょう。

強迫観念に悩む人は、この「拮抗作用」のもつ保護作用を理解していないため、反対観念が出てくると、「それが現実になってしまうのではないか」と不安になり、苦しむのです。私もこの作用を知らなかったために、「ガスが漏れているのではないか」という反対観念に長い間振り回され、ガス栓の確認地獄を味わってきました。

また最近でも、こんなことがありました。

年賀状を投函するため、近くのポストに向かっていたときのことです。しばらく行くと前方に、ポストの郵便物を収集し終えたばかりの車が目に止まったのです。私は小走りで車に近づき、手にしていた年賀状を運転手に渡しました。賀状を受け取った彼は、運転席の後にある大きな袋に無造作に投げ込み、その場を走り去って行ったのです。

「ヤレヤレ間に合った」と安心したのもつかの間、一瞬「もしや、年賀状が袋からはみ出して、相手に届かなかったら?」という不安が過ぎったのですが、「これは反対観念だ」と気づき、すぐに流れていきました。このように、「年賀状が相手に確実に届いてほしい」という気持ちが強ければ、「袋からこぼれてしまったのでは?」という反対観念も強く湧いてくるということなのですね。

考えてみると、反対観念がいつの間にか〈現実〉にすり替わってしまうということは、どのつまり、「観念固有の世界」すら味わえないということを示しているのかもしれません。

ここで、「精神の拮抗作用」を理解することによって立ち直りのきっかけをつかんだ二人の方を紹介しましょう。はじめは、強迫観念の加害恐怖で苦しんだ方です。彼女によると、「愛犬をベランダから落してしまうのではないか、家族を庖丁で刺してしまうのではないか」と恐ろしい観念が浮かんでくる毎日を、怯えて過ごしていたそうです。そんなある日、「精神の拮抗作用」と出会い、立ち直りの一歩を踏み出しました。

彼女の言葉です。

なんということでしょう、反対観念が起こるのは自然現象だったのです。愛犬を思う気持ち、失いたくないという思いが強ければ強いほど、反対観念も強いということです。いやでいやでなくしてしまいたい〈観念〉が、実は意志活動を調節するために必要だったのです。それどころか、なくては困るものだったのです。

さらに、つぎのように語っています。

反対観念の恐怖にとらわれたために強迫観念になってしまったのだとわかったとき、これで救われると思いました。なんとありがたいことでしょうか。簡単にとらわれから抜け出ることはできないとしても、希望を持って生きていける、そう感じられるこの頃です。（「生泉会機関誌」）

つぎは対人恐怖症で苦しんだ方ですが、「精神拮抗作用」についてこのように語っています。

精神拮抗作用とは、心の調整作用で、何かある考えが起こるとそれと反対の考えが起こり、極端に走らず、適応していけるように調整をとっている精神の機能のことです。

自分が人になにか言い過ぎたり、冷たい態度を取ったりすると、必ず「嫌われたんじゃないだろうか」と心配になる、この心は、純なる心であると同時に、精神拮抗作用ではないかと思います。その心は社会生活に適応していけるよう、人間関係がうまくいくよう、自分を助けてくれているのだと気がつきました。

以前は、「嫌われたのでは？」と思いわずらうのは、「自分が気が弱いからだ」と思っていましたが、それは人間が社会で生き延びていくためにとても大事な機能だったのです。自分の体の中に備わった振り子のような調整機器に見えました。自分の中に、自分の意志とは関係なく動くものがあると感じました。

私がつかんだ森田療法

倉田百三の強迫神経症体験から見えてくるもの

すでに述べたように、森田理論では、「強迫神経症は、神経質という素質をもった人が、〈かくあるべし〉という理想にもとづき感情の事実をやりくりすることから発症する」ととらえていますが、ここではその典型的なケースとして、作家倉田百三の強迫観念を取り上げてみたいと思います。

倉田百三は、一八九一年（明治二十四年）に広島に生まれ、一九四三年（昭和十八年）、五十三歳の若さでこの世を去りました。倉田を一躍有名にしたのが、『出家とその弟子』の題で知られる戯曲です。

彼は、「強迫観念に苦しみ抜き森田先生の指導を受けた人」としてつとに知られており、その体験については、彼の著書である『絶対的生活』、森田正馬全集第五巻、最近では渡辺利夫著『神経症の時代』（阪急コミュニケーションズ）にも詳しく書かれていますので、お読みになった方も多いことでしょう。
倉田が陥った強迫観念の一つに、「統覚不能」という症状があります。彼は当時、「対象をできるだけ美しく見たい」という観照主義にもとづいた生活を送っていたようで、そうした折、西空の夕陽を眺めていたとき、「見ていて、見ているような気がしない」といういわゆる統覚不能状態に陥ったのです。
このことについて、倉田百三はつぎのように言っています。

そのころまで私は、意志の力によって自分の心を支配することは全然可能であって、それができないのは、ただ意志の力が弱いからにすぎないという信念を自明なものとして肯定してきたのでありました。この信念を根拠においてはじめて理想主義の精神は成り立つのです。それなのに、いま私はただ目前の雲を見るという日常茶飯事がいくら努力してもできない。それはまったく、私の従来の信念を覆すものでありまして、私の精神生活の基礎を崩壊させるものであったのです。

「見よう」とさえすればいつでも自分の思うとおりに見える、そう信じて疑わなかった倉田を襲った「統覚不能」という悲劇は、彼をして「その瞬間、私の理想主義の生活が崩れ、生涯の一回転が行われた」と言わせたほどでした。その上、彼は睡眠に関しても、「心を静かにして眠るべきである」という理想主義に基づき、長年「眠ろう」とする努力を続けた結果、またしてもその理想主義は破られ「睡眠障害」に陥ってしまうのです。しかも、彼を襲った強迫観念はこの二つに止まらず、計算恐怖、回転恐怖、果ては「耳鳴り」まで起きる始末で、まさに絶望の淵にあえいでいたのです。

行き詰まった倉田が取った方策は、「強迫観念は静坐で治る」という一冊の書物を頼りに静坐療法を試みることでした。それは、「自力で強迫観念を治すのは無理である」という、作家としての鋭い感性が出した結論だったのです。しかし残念なことに、受診後まもなく担当医師の急逝に遭遇し、結局、彼が辿り着いたのは森田療法でした。

倉田百三の体験した強迫観念について、森田正馬博士はその成り立ちをつぎのように解説しています。

それによると、倉田百三を悩ませた〈統覚不能〉という強迫観念は、突然彼を襲ったものではなく、当時の「観照生活」という理想主義にもとづいた気分本位の生活こそが、その主たる誘因であるということです。

つまり、一般に強迫観念に悩む人は、理想主義にもとづいた気分本位の生活をしており、そのため心の自然の事実を顧みることがなく、倉田のように、「意志の力をもってすれば自分の心を支配することは可能であり、それができないのは、ただ、意志が弱いからにすぎない」と錯覚し、無意味な努力を積み重ねるため、ますます苦しい状態に陥るのだというのです。

この考えを裏づけるかのように、倉田百三も自身の睡眠障害について、「私は心を静かにして眠るべきであると思い、そのように努力してきた。しかしこの努力は、決して眠りを与えるものではないということはわかっていたが、長い心の慣習のためか、眠ろうとする努力をやめることができなかった」と告白しています。

神経症から立ち直るにはどうしたらよいか

私が神経症に陥ったのは二十代のはじめでしたが、やはり一般的には十代の後半から二十代にかけて神経症を発症するというケースが多いように見受けられます。それはおそらく、自我の発達と深くかかわっているからでしょう。自意識が強くなり、「自分の世界」というものを築きはじめると、そこにはまた〈とらわれ〉を生み出していく危険性が内包されているといえるからです。

ここでいま、生命というものを考えてみると、その自己保存本能として、身体には失ったバランスを元にもどそうとする働きが組み込まれていることがわかります。たとえば、私たちは働き過ぎると「疲労感」を感じ、食べ過ぎると胃が「ムカムカ」してきます。

　このような安全弁が作用する身体のバランス機能には驚かされますが、心の世界でも同じ作用が働いていることがわかります。それが「意識の心」と「無意識の心」とのバランスです。自我の発達にともないその人固有の価値観が形成され、それとともに自己コントロール欲求（自我万能主義）も強くなっていきます。ただ、それがあまりにも強くなり過ぎると、「無意識の心」とのバランスを失い、私のように「ガス栓の確認」でさえ頭で（意識して）やるということになってしまうのです。

　まさに「確認強迫」の出現です。これは、見方を変えれば、「無意識の心」とのつり合いをとるために心のバランス機能が作動したとも考えられるのです。それでは森田理論は、「無意識の心」との均衡をどのように図っていこうとしているのでしょうか、一緒に考えてみたいと思います。

心の波に乗る

森田先生は、強迫観念の成因をつぎのように喝破しています。

　自分の心に何か感動を起こし、不安になるような疑問が起こり、その解決ができないときには、当然自ら不愉快たることを免れない。この不快をきれいさっぱりなくしてしまわなければ気がすまないというところに、その根本があるのである。

まさに、この「スッキリしたい」という渇望こそ、われわれを〈はからい〉に駆り立てていく元凶に他なりません。いったい、どうしたらはからいを断つことができるのでしょうか。森田先生は、その方法をきっぱりと明示しています。それが「心の波に乗る」ということです。

早速、先生の話を聞きましょう。

たとえば、いま私が金が欲しくて盗心が起こる。その心を否定しようとせずにそのまま自由に解放しておくときには、いろいろの考えが起こる。百円くらいのはした金は盗んでも仕方がない。しかし一万円となるとちょっとおっくうで薄気味が悪い。このくらいの程度に見切りをつけたらよかろうとか、結局盗んで罪を恐れる苦労をするよりも、我慢をした方が得だとか、さまざまに考えている間に「心は万鏡に随って転ず」で、いつの間にかその悪心も流れ去って安楽な気持ちになっているというふうである。強いて自分の心を無理矢理に抑えつける必要は少しもない。

「盗心」でさえ否定することなく、「その心の波に乗りかかっていさえすれば、波は自然に自分を浜の上に打ち上げてくれる」というのが、先生自ら体得された心の真理だったのです。

この「心の波に乗っていく」という他律的・受動的なありようこそ、森田理論に流れる主旋律ともいえるものです。「ひたすら心の波に乗りかかってさえいれば、いつかは、心の葛藤から解放される」という世界観、この普及に一生を捧げた人、それが森田正馬その人でした。

それだからこそ、先生の魂は時空を超えて、「自力ではなく、ひたすら自然（他力）の赴くままにあれ」とわれわれに迫ってきます。自らの力によってではなく、おのずから起きてくる心のありように任せきっていく生き方、これこそ、森田理論が希求し続けている精神世界のように感じられてなりません。

つぎの項で考察する「感じから出発せよ」、「不安になりきる」、「両立」といった技法も、「心の波に乗る」という技法のもつ精神を体現したものといえるでしょう。

感じから出発せよ

私たちは小さいときから「こうしなさい、こうしなければ駄目よ」とさまざまなコントロールを受けて生活しています。それだからでしょうか、私たちは自分の心と向き合うときでさえ、つい「自分がどう感じているのか」ということを感じ取るよりも、「こうしなくてはならない」という観点から、心までもコントロールしようとする傾向が見られます。しかもこのコントロール志向がやっかいなのは、心の自然の流れを妨げ、やがては神経症のとらわれ状態にまで発展してしまう恐れがあるからです。

それでは、どうしたらこうした心の癖を手放すことができるのでしょうか。

森田先生はこう言っています。

われわれの日常生活の実際は、まずその時と場合における〈感じ〉から心が発動しいろいろな欲望がおこり、それを理智によって調節しつつ行動に現わしていくのである。

つまり、第一が「感じ」で、つぎに「理智」が働くのであって、それをあべこべに「理智」あるいは「理想」を第一にし、それから「感じ」を出そうとするため、自分が考えていたこととは反対の結果になって、強迫観念にかかることにもなるというのです。その具体的な例として、先生はつぎのような趣旨を述べています。

努力主義を立てて、大いに勉強しなければならぬ、読書に熱中しなければならぬというふうに考えると、読書しても雑念がそれからそれへと起こり、本に対する興味を失い理解ができず、しまいには「読書恐怖」といって読書のことを思い出すのも恐ろしいという強迫観念にかかる。また、たとえば、「人を愛しなければならぬ」という主義をたてると、自分の心に人を毛嫌いしたり、憎んだりする気持が起こったとき、それをなくしようとするからますます苦しく「道徳恐怖」いう強迫観念になることもある。

このように、「感じから出発すること」が神経症からの立ち直りのポイントであると考えた森田先生は、その生活態度を患者さんに徹底的にたたき込んだということです。

先生は、どのような呼吸で入院生と対峙していたのでしょうか。前出の入院生清水鏡三氏の、その雰囲気を伝える印象的な記述が残されています。

ある日、清水氏が金魚鉢を運ぶために、鉢の中の水をバケツに移そうとしていたときのことです。まず、鉢の底にある栓を操作して水を抜き取ろうとしますが、ラチがあきません。仕方なくジョロで水を汲み出そうとしたとき、この一連の様子を見ていた先生から、「そんな面倒なことをしてはいけない。栓はそのまま役立たせずに放っておくつもりか」という声が飛びます。それもそうだとばかり、再び清水氏が栓のコックを上から突っついたり下から突っついたりしていると、急に水が勢いよく流れ出しました。「オヤッ!」と思ってバケツの中を見ると、水にまじって水垢がたくさん出ているではありませんか。「何だ、水垢だったのか」と心につぶやいてそのまま金魚鉢を運ぼうとしたとき、すかさず先生から「どうです、面白いじゃないの」という声がかかるのです。

清水氏はこのときの様子を、「先生に注意されなければ、私はそのまま通り過ぎてしまったであろう。些細なことながらも、私は一つの発見の喜びを見落としていたのであった。こんなところにも、純なる心の喜びがあるのだと知った」とその日の日記に記しています。

「感じを高めていく」ということは、そのときそのときの〈感じ〉をひとつひとつ丁寧に味わうことによってはじめて得られるということなのでしょう。そうであれば、たとえば私たちが掃除を終えたときなど、すぐに次の仕事に移るのではなく、「ああ、キレイになったなあ」という感覚を一瞬でも心にとどめる余裕をもって生活していきたいものです。

同じく入院生として森田先生の訓導を受けた水谷啓二氏も、先生の指導ぶりについてこう語っています。


すべてを感じで受け取り、感じで処理していく。そこには、こうしなくてはいけないという理論や考えが入り込むスキがなく、そのため仕事の処理がぐんと早くなり適切になり、同時に二つか三つの仕事を片付ける術も自然に体得するようになった。

この水谷氏の指摘は、森田療法の真髄をついているといえましょう。

「こうしなければならない」ということが葛藤（抵抗）となって心の自然の流れを阻止するため、森田先生の実施した入院森田療法においては、「一定の規定に自分をあてはめて予定の理論で自分を導く」のではなく、「自分の一切を他力の指導に任せて成り行きのままにただやって行く」という姿勢が患者側に強く求められています。

すなわちそこでの指導方針は、患者が純一に苦痛・恐怖を味わうことで「治そう」とするはからいを断ち、心身の自然発動による生の欲望を体得するように導いていくものだったのです。

もっとも、この「入院森田療法」の内容を細かく見ていきますと、森田先生のご存命中にも、その内容が大きく変化しているのがわかります。当初行われていた入院森田療法は、一日の間に一定の時間割を作り、仕事の材料などを患者に与え「作業療法」をやらせていたようですが、後にはとくに仕事を与えず、患者自身が「見つめる」ことで自発的な動きができるように配慮されています。

おそらく、作業療法というものが、「一定の規定に自分をあてはめ予定の理論で自分を導く」ということとも無関係ではなく、はからいにつながることを恐れたからでしょう。

森田先生の言葉です。

ここでの修養の第一の出発点は、物事に対する〈感じ〉を高めていくことである。われわれは、見るもの聞くもの何かにつけてちょっと心を止めていれば必ず何かの感じが起きる。かりそめにも、これにちょっと手を出しさえすればそこに感じが高まり、疑問や工夫が起こって興味がわく。これを押し進めて行けば、そこにいくらでも進歩がある。これと反対のものは〈感じ〉に対する理屈である。

ともすると、私のような神経質タイプの人間は、〈理屈〉が勝っているためか、森田先生が指摘しているように、「注意せねばならぬ、誠実であれ、努力し忍従すべし等と抽象的な文句をもって自分の心の働きを制御しようとするため、ものに対して起こる自然の感じが一切閉塞して、心の発展進歩はなくなってしまう」ということになりかねません。

そのためには、ふだんから〈感じ〉をうまくとらえるように心がけるとともに、拮抗する〈理屈〉との両立を図るようにしていけば、やがては〈感じ〉にもとづいた行動ができるようになるのではないでしょうか。

私自身も、森田療法に出会うまでは、「感じを大事にする」ということには思いが至りませんでした。それだけに、その教えは新鮮ではあっても、なかなか身につかなかったのです。

「いま、自分はどんな感じでいるのか」ということに関心を向けていくうちに、少しずつ

〈感じ〉をとらえられるようになり、その結果、「ガス栓が閉まっている」という事実を感覚的につかめるようになって「確認強迫」から立ち直ることができたのです。このことに関しては、また章を改めて詳しく述べたいと思います。

ここで、自分の感じや感性を大事にすることによって心の自由を取り戻し、自分の感覚で仕事ができるようになったというNさんの体験を聞くことにしましょう。

仕事の独立を機に強い不安感や恐怖感に襲われたNさんは、再度「基準型学習会」に参加し、森田理論を学習し直す過程で転機が訪れます。

Nさんは、こう言っています。

これまで私は常に「恐怖突入しなければならない」とか、「実践しなければならない」というような標語にもとづいて行動しようとしていましたが、森田理論を学び自分の〈感じ〉にもとづいた行動の重要性に気づいてからは、自分の感じ・直感・感性に従った行動ができるようになりました。たとえば、「いま、自分からお客さんに電話をしておいたほうがお客さんにとっていいかな」と思うと、その〈感じ〉に従って電話をかけるようにしているうちに、電話恐怖はすっかり消え去りました。〔「生活の発見」No.554〕

〈感じ〉に導かれた在りし日の森田先生

森田医院を退院後も森田先生宅に下宿し、先生の行動をつぶさに観察していた水谷啓二氏は、先生の仕事ぶりについてつぎのように語っています。

森田先生は喘息もちで身体が弱かったが、それていて慈恵医大教授、根岸病院医長をやり、自宅では神経質患者の治療をやり、熱海に旅館を経営し、著書も次々に出し、「神経質」という雑誌を発行し、講演旅行にも出かけるという具合で、優に五人分六人分の仕事をされたのである。

このような仕事ぶりを裏づけるように、「休息は仕事の中止にあらず、仕事の転換にあり」という先生の言葉が残されており、また自らもこう話しておられます。

病院から帰ってきて、疲れた身体で洋服の上着を脱ぎ、チョッキやズボンのボタンを外しながら庭に出て盆栽をいじったり、庭木に鋏みを入れたりする。その間にいつしか心が流転して疲労も忘れて新たに仕事の元気が出るようになる。

こうした日常については、奥様から「ひと休みすればよいのに、気ぜわしい」という批評もあったようですが、先生にしてみれば、「遊び半分にフラフラやっており、ほとんど苦痛とか忍耐とかいうものを感じず、仕事の大部分は、いつも主観的には遊びごとである」といった雰囲気だったようです。

もっとも、こうした生活スタイルも当初から身についていたものではなかったようで、先生は学生生活をふり返ってこう語っています。

私どもも学生時代、盛んに仕事の精密な時間割をつくり、やたらに格言を紙に書いて壁に貼り付けたりしたものである。ところが、せっかく苦心して作った時間割は第一日目の朝から寝過ぎたり頭が重かったりして、予定の狂うことが多いものである。それでまた時間割を立て直すことになり、明日から、来週から、来月からやろうというふうに、次第に実行が延期されて、すべてが計画倒れになってしまうものである。

森田先生のこの言葉を全集第五巻のなかに見つけたとき、まるで私のことが書かれてあるかのような錯覚を覚え、「先生も私たちと変わらない！」とうれしくなりました。

また先生のお話によると、中学時代、嫌いな科目は後回しにして好きな科目ばかりやっているうちに数学の成績が下がり、辛うじて落第をまぬがれるというところまで悪くなってしまったということです。そこで、先生は一大決心をし、「やめたくなったらいつでもやめる」という気持ちでとにかく数学に手をつけてみたところ、ついつい興味が湧いてきて能率もあがり、しまいには甲の成績を取るまでになったというのです。

たしかに、この姿勢で事にあたってみると、やる気がなくとも始められ、また、やっているうちにしだいに〈気持ち〉がついてくるということもわかります。

それにしても、やる気が起こらずなかなか手が出せないときに、〈やめたくなったらいつでもやめる〉といった心づもりで、「とりあえず手をつけてみる」などということは、とても中学生のアイディアとは思えませんが、いかにも、「閃きの天才」としての片鱗を髣髴とさせるエピソードです。

ところで、「私たちと変わらない」ということでは、私が強い印象を受けた森田先生のエピソードをもう一つご紹介しましょう。

強迫観念に悩む人は、「こんなくだらないことに心を使うのをやめよう」と日々心を砕いていることでしょう。実は、森田先生も「若いときには、心を経済的に使い、ムダな心づかいをしないように盛んにやってきた」というのです。そして、驚くことに「その間違いであることを知ったのは、最近のことで、五十歳近くにもなってのことである」というのですから、われわれが立ち直りに時間がかかるのもむべなるかな、と勇気が出てくる話ではありませんか。

不安・苦痛になりきる

森田理論では、神経症というものは、われわれが身体に感じる〈不安〉を異物化し、「取り除こう」としてはからうことから発症するととらえています。ですから、強迫神経症から立ち直るためには、まず、はからいを断って「不安になりきる」ということが求められています。

早速、森田先生の体験から入っていきましょう。

先生は全集第七巻でつぎのように語っています。

あるとき、私が横浜で胃けいれんを起こし、ようやく汽車に乗り込んだが、激しい痛みのため、身体を曲げ腹をおさえたまま、どうすることもできないで身動きもできずにいた。そのとき一人の同伴者があったが、「先生、東京ですよ」という声に、ハッと気がつけば、汽車中の時間は、ホンの瞬時であって、どうして早ここが東京かと一驚したことがある。このときはだいぶ落ち着いていたが、つまり苦痛そのままになりきったために比較・相対を離れて絶対になり、心頭滅却して、まったくその苦痛を忘失していたのである。

この文章からはどんなことが読み取れるでしょうか。まず、どうすることもできずに仕方なく、そのまま〈痛み〉に身をまかせている、あるいは、〈痛み〉そのものになりきっている〈痛みとの一体化〉という、心の事実が描き出されています。つまり、「取り除こう」とするよりは、その痛みを「感じつくす」ことのほうが、痛みから早く解放されるという経験的事実を如実に物語っているのです。

私たちも日常よく、「どうすることもできない」とか「仕方がない」といった言葉を口にしますが、考えてみるとこの表現は、「不安のままになりきっている」ときに使われているように思われます。そうだとすると、「不安になりきる」にはこうした言葉を使うようにすることも、一つの方法かもしれません。

いずれにせよ、森田先生はこんなことを患者に言い聞かせています。

ここの治療法の主眼も、この「なりきる」ということがもっとも大切なる条件になっている。はじめの絶対臥褥療法も、終日戸外に出ているということも、患者が従来迷ってきたすべての治療的という手立てを患者から奪ってしまって、患者自身でどうすることもできないようにしむけてあるわけであります。つまり患者も、自身で姑息なやりくりをやめて、ここの療法にまかせきって絶体絶命になった場合に、ずいぶん早く短時日で治るものであります。

ここで、〈なりきる〉という心の状態を、自己の体験として深めた人の話を聞くことにしましょう。この方の症状は対人恐怖症で、人前で発表したり人と雑談をするのが得意でないため、たとえば職場の朝礼などで話をするようなときは、喉がカラカラになり、声も震えてきたそうです。

彼は、生活の発見会に入会し森田理論を学び実践することを通して、自然に湧き起こる嫌な感情も事実として受け止められるようになり、くすぶっていた〈不全感〉も消えていったということです。

そして、最近の心のありようを彼はこう描写しています。

最近は、「ああ、うらやましいな」とか「惨めだなあ」とか、そのまま感じています。そのように惨めな感情をしっかり感じていると後に引くことはなくなり、何より駄目な自分でも「しようがないや、駄目なものは駄目なんだから」と認められるようになりました。仕事でも、疲れたときには、「疲れた、休もう」と率直に感じるようになりました。自由になった気がします。「惨めだな」と思う感情、「疲れた、休みたい」と思う感情、これらを肯定も否定もせず、横にも置かず、そのままに感じることで、自分を縛っている「和気あいあいと話さなければならない」「仕事で常に頑張らなければならない」という縛りが、いつの間に

かゆるくなっていくような感じです。〔「生活の発見」No.559〕

この「肯定も否定もせず、横にも置かず、そのままに感じる」という表現は、実に言い得て妙だという気がします。というのは、最近私は、つぎのような体験をしたからです。

その日、私は対人恐怖症に苦しむ友人から、「このところまた対人緊張が強く出てきて、以前の悪い状態に戻ってしまったようです」という文面の手紙をもらい、そのことが頭から離れなかったからでしょうか、ふだん、私はあまり〈対人緊張〉に意識が向かうということはないのですが、そのときは、「わあ、ずいぶん緊張しているな」と、自分の心が緊張感に満ちていることに気づきました。少し様子を見ていると、私はその〈緊張感〉を「結構、緊張しているんだぁ」とただ見つめているだけで、少しもあわてず、ましてや押さえ込もうともせずに、そのまま感じているだけだったのです。しばらく仕事をしていると、いつの間にかその〈緊張感〉が流れ去っていることに気づきました。まさに、「そのまま感じていると流れていく」という心の自然の事実を体感した瞬間だったのです。

森田先生は、この「心の流転」ということについて、亡くなった一人息子への感動を例に挙げて、ご自身の体験を述べておられます。それによると、「子供の写真がふと目に止まったとき急に強い感動が反射的に起こるが、そのときに決してその心を抑えつけるとか、心を他に紛らせるとかいうことをしないで大胆にその考えを浮かばせておくと極めて迅速に消えていく」というのです。「それはあたかも、鏡の前に物がくれば映り、去ればなくなるというほどにも早いものである。それで、僕がその強い苦しい感動から逃げることを考えないのは、それは決して逃げ道はない、逃げようとすれば、ますます執着にとらわれるものであるということを自覚しているからであります」と語っています。

両立について

すでに述べたように、森田理論では心のありようを〈葛藤〉ととらえており、その解消には、「心の波に乗る」、「感じから出発せよ」、「不安になりきる」といった技法が有効ですが、この〈両立〉という技法も落とすことはできないでしょう。

ところで、このような経験をしたことはありませんか。

たとえば勉強をしているときなど、「遊びに行きたい」という気持ちが湧いてくると、いくら抑えようとしてもどうすることもできないといった経験です。このような場合、「どんなに苦しくても我慢して本を読むようにしていたほうがよいでしょうか」という入院生の質問に対し、森田先生はつぎのように答えています。

「勉強しなければならない」ということと「遊びに行きたい」という両方の気持ちを両立さ

せておきさえすれば、「どこへ遊びに行こうか」などと考えながら本を読んでいるうちに、いつの間にか本の内容に興味がそそられ勉強に集中するようになっていくとして、〈我慢〉ではなく〈両立〉というユニークな方法を伝授しています。

ともするとわれわれは、「もっと身を入れて本を読まなくては」と、遊びに行きたいという気持ちを無理に押し込もうとしがちですが、むしろその気持ちのままに本から目を離さないようにしていれば、人間のもつ不思議な適応能力がみごとに働いていくから不思議です。

ここで、「森田学校」の優等生であった井上常七氏の言葉を通して、あらためて「両立の世界」を味わうことにしましょう。

氏は入院中「雑念の大家」と揶揄されていたそうで、雑念が起これば必ずどちらかに決めなければ気がすまなかったということです。そのような井上氏でしたが、森田先生の指導を受けて、「両立の世界」をみごとにマスターしています。

入院中、何か仕事をしているときに、先生からほかの仕事を頼まれる。やりかけの仕事が気になってしかたがないけれども、そのまま気にしながら一方の仕事をすると、それがしまうとともに前の仕事もできて、かえって両方ともよく能率が上がる。雑念が起これば、その反対観念を両方ともそのままに肯定して対立させておくとよい。

私も、心に迷いが生じると井上氏同様、「必ずどちらかに決めなければ気がすまない」というタイプの人間ですので、この〈両立〉という技法のおかげで大変楽になりました。

たとえば、「質問したい、でも恥は書きたくない」と揺れているときは、そのいずれの気持ちもそのまま両立させておくと、そのうち、「質問しよう」という気持ちが強くなれば自然に「手が上がる」ということを何度も経験してきました。そのため、いまでは、迷う心をそのまま両立させておけば、自然に「決まるところに決まっていく」という心のリズムをなんとか生活に取り入れられるようになったのです。

「もっと顔を赤くするように」──いわゆる「逆説志向」

森田理論の特色は、ひとえに「心の自然の事実」に則っていることだといわれています。このことに関し、河合博先生は「森田療法の特色は心の自然の事実による以外の何ものでもなく、これはとくに〈拮抗作用〉という言葉のなかにあり、また症状発生についての〈精神交互作用〉にも現れているが、注目すべきは治療法のなかに〈心の自然の事実〉を利用していることである」とし、その一例として「逆説志向」を挙げています。

この「逆説志向」とは、たとえば人前で顔が赤くなることを悩んでいる赤面恐怖症の人に、あえて「顔を赤くするように」と仕向けることです。ほかにも、森田先生の本の中には、逆説志向の例として、発作性神経症の人に対する「できるだけ発作を起こすように努力してみよ」との指示や、鼻の先端が見えることを気に病んでいる人へ、「常に鼻の先端を気にしているようにに」とする忠告、また、耳鳴りに悩む人には、「たえず耳鳴りに注意を向けているように」といったアドバイスなどが挙げられます。

ちょっと考えると、これらの指導は「かえって不安を増幅させてしまうのでは？」と思われがちですが、実際に体験してみると、意外にもはからいがすぐに沈静化していくのがわかります。

河合先生は、「これは心の自然のはたらきで経験的事実である。この事実は体験しなければわからない」とし、森田理論が徹底して自然科学的世界観に拠っていることを強調しています。

わからないときは、わからないままに

ある日の生泉会で、私は参加者の一人からつぎのような質問を受けました。「このところうつ状態が好転して、躁状態ともいえるほど気持ちが高揚している。これはうつが本当に治ったからなのか、それとも、たんに躁状態に変わっただけなのか決めかねている。どう考えたらいいだろうか」という内容でした。

そこで私は、「自分はうつの体験がないので、本当のところはよくわからないのだが……」と断ったうえで、こう答えたのです。

「同じように〈気持ちが軽くなる〉といっても、うつの軽快の場合と躁状態では、身体に感じている〈軽快感〉というものは微妙に違うのではないか。その違いをとらえるようにすれば、おのずから方向が見えてくるのではないか。もし今、それがわからないということであれば、しばらくはわからないままにしておきましょう。そのうち、わかるときがきますよ」と。

私もそうですが、神経質の人は、すぐにものごとを白か黒かはっきり決めたがる傾向が強いように見受けられます。とにかく、モヤモヤした状態でいることがたまらなく嫌なのです。

しかし、人間の心というものは、常時、いろいろな観念や思いが浮かんだり消えたりしていて、捉えどころのないものなのです。たとえば、「行こう」という気持ちが強くなったとしても、心のどこかには「行きたくない」という思いもあるように、心の中は常に混沌としていて、一筋縄ではいかないのがわれわれの心の本体なのではないでしょうか。

ところが、強迫症で苦しんでいる人は、この混沌とした（ややもやした・何かがひっかかっているような）状態にはうまく適応できません。いいかえると、このような状態を引きずったままやり過ごすということに慣れていないため、すぐにスッキリしたくなって、〈ややもや状態〉を取り払おうと「確認行為」や「心の整理」を繰り返してしまうのです。

森田先生も、「神経質はものごとを完全に解決し、徹底的に決めようとするから、ますます煩悶苦悩が絶えないのである」と言っておられます。

違いがわかりますか？

森田先生は、卒倒恐怖で悩んでいる患者さんから、「座禅をしているときには平常心になることができるが、電車の中で今にも卒倒しそうに感じるときにはどうしても平常心になることができない。どうしたらよいか」と尋ねられ、つぎのように答えています。

あなたのいわれていることは少し間違っているように思われる。誰しも死ぬことは恐ろしいし、腹も減ればひもじいにきまっている。あなたの場合でいうならば、電車に乗るといまにも卒倒するのではないかと恐ろしい。その恐ろしいままの心が「平常心」ではないか。そもそも「平常心」というものは、「つくる」ものではなくて、「ある」ものである。恐ろしいならば恐ろしいままの心、それがすなわち平常心である。よく「なりきる」というが、なりきっている状態が平常心なのである。

この「平常心というものはつくるものではない」という森田先生の言葉を私なりに解釈する

と、「平常心というものは、作ろうと努力したらそれはもう平常心ではなくなっている」ということであり、また、「平常心というものはあるものである」ということは、「ただ、そのときの感じと一体になっている状態が平常心なのだ」ということだと思います。

この〈つくる〉ものと〈ある〉ものとの違いを実感レベルでとらえられるようになれば、たとえ平常心を「作り出そう」という心の動きが生まれたとしても、ハッと気づいて、その動きの後を追わなくなるのではないでしょうか。

また、「違いがわかる」ということでいえば、何かの折にふっと浮かんでくる〈不安〉は自然現象であり、それを取ろうとする〈はからい行為〉とは明らかに性質が異なります。こうした違いを認識できるかどうかで、はからいをストップできるかが決まってくるといってもいいでしょう。ともあれ、「違いがわかる」ということは、われわれが考えている以上に、立ち直るための重要なポイントなのです。

はからいながらも、とらわれない道

「はからいを断つ」ということで思い出すのは、『神経衰弱と強迫観念の根治法』にある森田先生のつぎの言葉です。

しばしば患者は、「つまらないことを考えないようにしたい、嫌な考えを起こさないようにしたい」と工夫し、努力し、苦痛懊悩することである。だが、われわれが物に触れ、ことに接してある感じが起こり、考えが湧き出るということは、生きている間決して否定することのできない事実現象である。われわれは、断食することも裸体でいることもできるが、考えないことだけはどうにも仕方がない。それは、冬を暖かいと思い、小便を出ないようにしようと努力するのと同様である。このきわめて明かな不可能事を少しも不可能事と知らないということは、はなはだ滑稽であり、また不思議な思想ではあるまいか。

しかし、たとえどんなに先生から、「はなはだ滑稽であり、また不思議な思想ではあるまいか」と言われようと、ひとたび「はからい癖」ができあがってしまうと、頭でわかっていてもなかなかはからいをやめられないのが、強迫神経症の特徴なのです。

それでは、「はからいを断ち切ることができないなら、立ち直れないか」というと、そうではありません。神経症というのは、精神交互作用（心の悪循環）によって〈とらわれ〉という状態にまで発展したものですから、この精神交互作用を弱めていけばいいわけです。それが、「はからいながらも、とらわれない」という方向です。それでは、そのための方法について考えてみたいと思います。

自己の無力感を味わうこと

はからい癖を弱めるための決定打は、自己の無力感を味わうことができるかどうかではないでしょうか。「どんなにはからっても、心をスッキリさせることはできない」という無力感、これが、はからいにストップをかける最大の武器のように思われます。

このことでは、アルコール依存症からの回復に取り組むＡＡ〔アルコール・アノニマス〕の回復プログラムである「12のステップ」が参考になります。その第1ステップに注目すると、「アルコールに対してはなす術もなく、自分が無力であり、生きていくことがどうにもならなくなったことを認めた」となっており、回復にあたっては、「アルコールに対して自分は無力である」という確たる認識が欠かせないことがわかります。また第6、第7ステップからは、無力な自分を「大いなるもの」にゆだねることによって立ち直りの手がかりを見いだしていこうとする受動的な姿勢が読み取れます。

思えば私が、「ガス栓の確認を繰り返す」という不毛の強迫行為から逃れることができたのは、確認を繰り返すたびに「自分には確認の能力がない」という事実を突きつけられることによって、「確認作業を五感にゆだねよう」という考えが根づいていったからだと考えています。

森田先生もこう言っています。

対人恐怖の人に一言注意しておきたいのは、自分は気が小さい、劣等である、それは生れつきでどうにも仕方がないと行き詰まったとき、つまり工夫も方法も尽き果てたときにはじめて道が開けるということであります。それが「弱くなりきる」ということです。このとき、自分の境遇上あるいは職業上ぜひやらなければならないことは、仕方なしにそれを実行するのです。それが「突破する」ということであり、「窮して通じる」ということでありま す。

客観視すること

とかく人は苦しいことに直面すると、肝心の〈不安〉から目をそらし、それがどんな状況なのかを観察しようとはしないのです。ですから、ここは一つじっくりと、「襲ってくる不安を観察すること」に取り組んでみてください。

もしあなたが、「今、私は一生懸命不安を打ち消そうとしているなあ……」と自分の心の状況がつかめるようになれば、それだけで心は驚くほど落ち着いてくるでしょう。

また、たとえ「はからい行為」があったとしても、強迫行為の認識さえあればとらわれにまで発展することはないと思います。問題は、どうしたらその認識がもてるかということですが、参考までに私の体験を述べますと、私は強迫行為をしているときの〈強烈な不快感〉に着目し、その〈感覚〉を強迫行為のサインとして利用したのです。

長年の神経症体験から、私は、〈とらわれ〉という心の流れを失った状態になると、「首のまわりの凝り」という変調が起きているのに気づきました。それからは身体の感覚を注意深く観察することで「このまま何度も確認行為を繰り返していたら、強迫行為に陥ってしまうなあ」という微妙な瞬間がつかめるようになったのです。その結果、いまでは〈その兆候〉をすばやくキャッチするとすぐにはからい行為をいったん棚上げし、庭の掃除や洗濯物の取り入れなどによって「仕事の転換」をはかるようになりました。

いわゆる対人恐怖症も、「対人的な不安」をスッキリしたいとはからうことでは「強迫行為」となんら変わりないのですから、少し注意していれば「心の負担を軽くしよう」と気持ちの整理をしているうちに、肩こりなどの変調が起きていることに気づくはずです。そうした「身体感覚」をうまくとらえて、はからい行為を一時中断するようになさってみてはいかがでしょうか。

「これさえなければ」と思ってはいませんか？

これまでの説明で、〈とらわれ〉というのは心が何かに貼りついて流れが止まった状態だ、ということはおわかりいただけたことでしょう。問題は、どうしたら流れを回復できるかということですが、私は自分の体験からこんなことに気づきました。それは、「不安を一つに絞らない」ということです。どういうわけか、強迫神経症に悩んでいるときは、「これさえなければ」と不安を一つに絞ってしまうのですが、そうするとかえって不安が強くなってしまうのです。

ちょっと不思議に思うかもしれませんが、不安を一つに絞らずに、「あれも、これも気になる」というように〈不安材料〉をいくつも抱えながら生活していると、ふと「心が流れている」のに気づくことでしょう。モグラたたきのように、不安を一つひとつ潰していくやり方はかえって逆効果なのです。

どうやら、強迫神経症に悩む人のなかには（私もその一人ですが）、「悩みがなくなること」に腐心している人が多いようです。そのために、「悩みを取ろう」としてはからうのでしょうが、悩むことは人間が生きている証しですから、所詮その願いは実現不可能なことです。ですから、ゆめゆめ「悩みを取り去る」ことには執着せず、「悩みの中身」を変えていこうという方向に切り替えていってほしいものです。たとえば、こんな具合です。「これも苦しいけれど、でも、あれも苦しいしなあ」というふうに、絶えずいろいろな悩みを思い出して、いわばその間を「渡り歩く」といったイメージです。そうすることで、「悩みはあっても苦しくない」という精神世界を味わうことができるでしょう。

このことに関しては、一つの体験を思い出します。それはある年、生活の発見会の新春懇話会で、私が体験発表をすることになっていたときのことです。大勢の前で話すことでもあり、かなりのプレッシャーが心配だったのですが、その頃私は、レポートの作成という別の懸案事項も抱えていたため、懇話会の話だけに心を悩ましているわけにもいかず、「あれも心配これも心配」ということになって、思ったほどのプレッシャーに悩まされずにその日を迎えることができたのです。

また、友人Kさんも、「不安材料が重なってくれば、当然不安感で押しつぶされそうなものだが、不思議なことに不安が多すぎると、一つひとつにかまっていられなくなるので、逆に不安をそれほど感じなくなった」と語っています。

さらに、古閑義之先生も、ご自身の体験をつぎのように話しておられます。

二十一歳のとき、慈恵大学に入学し、その後、いろいろの病気の講義を聴くようになり、どれもが自分にもあるような気がして随分恐ろしかった。しかし、あまり心配の事柄が多いので、一つの心配にこだわっていることができなくなり恐怖がなくなったのであります。強迫観念は、ただ一つのことばかりを心配して、しかもそれを心配すまいという心の拮抗作用から起こるので、何かにつけて、あれもこれもと心配するようになると、強迫観念はなくな

るのである。〔全集第五巻〕

ちょっと考えると、不安材料が多くなればそれだけ不安もふえそうですが、実は逆で、古閑先生もおっしゃるように、かえって不安があったほうが心が流れていくから不思議です。どうしてこういうことが起きるのでしょうか。そのことを少し考えてみたいと思います。

今、私はパソコンに向かってこの文章を書いていますので、目の焦点はパソコンの画面に合っていますが、「お茶を飲もう」とパソコンの横に置かれた茶碗に目を向けると、焦点はパソコンから茶碗に移り、パソコンは背景に退いてしまいます。このように、焦点を変えることによって目が動いていくことがわかります。

実は、心もこれと同じで、「一つの悩み」だけに焦点を合わせていると心が流れていきません。いま仮に「別の悩み」に心を移せば、それまで心を占めていた悩みは背景に退き、それによって心に流れが生まれるというわけです。流れを作るのに、「悩みを取る」必要などまったくありません。「別の悩み」に心の焦点を移すだけでいいのです。どうです、簡単でしょう。ぜひ体験してみてください。

はからう自分を責めていませんか？

私たちが森田理論を日々実践していくなかで陥りやすい誤りは、とらわれから楽になろうとしてはからう自分を、「またやってしまった」と責め立てることです。実は、かく言う私もさんざん自分を責め立ててきた一人なのですが……。

森田正馬全集第五巻には、書痙で入院していた患者と森田先生がこのことについて交わす会話が記されています。

入院生が、「手が震えるのを止めよう、止めようと努力する心がとれなくて困る。はからう心がいけないと思っても、どうしても自然にはからうようになって困ります」と訴えます。すると、森田先生は、こう言って諭《さと》すのです。

どうせ、「はからう心」は、われわれの心の自然であるから、その「はからう心」そのままであるときに、すわなち「はからわぬ心」になるのである。手の震えを止めよう、止めようとする心でもよし、そのままにおし通せばよい。ただ、ペンのもち方は決して自分の心持ちのよいように持ち変えるのでなく、必ず正しいもち方をして、字は震えても不格好でも、遅くとも読めるように、金釘流に書くということを忘れさえしなければよい。自分で書痙をよくしよう、治そうということを実行しさえしなければよいのである。

「はからう心はわれわれの心の自然である」という森田先生の考え方、この思想こそ、森田療法のバックボーンのような気がします。私には、「〈はからう〉という心の動きは自力のはからいではなく、それはまさに自然現象であり他力そのものなのだよ」という森田先生の声が聞こえてくるようです。ここで大事なことは、〈はからい〉が〈自然の働き〉によってもたらされるという事実に、どうすれば気づけるかということです。そのためには、〈はからう〉という心の動きを俯瞰できる〈眼〉を養っておくことが有効なように思います。

もっとも、森田先生がどんなに「治そうということを実行しさえしなければよい」と強調されても、われわれのような〈はからいタイプの人間〉にとっては、そう簡単にうなずくことはできないのが現状です。私もさんざん苦労しましたが、何とか見つけた攻略法とはこのようなものでした。

ここで、〈はからい〉に走っていくときの心の動きに注目してみましょう。いま、玄関のドアの鍵を閉め、ノブを回して「閉まっている」のを確認するとします。しかし、確認強迫タイプの人間は、ノブを一回まわしたぐらいでは「閉まっている」という確信が得られません。そこで、「もう一度確認しよう」という気持ちになるわけですが、先の入院生の言うように「はからう心がいけない」と思い込んでいますから、「本来はやるべきではないが、止むに止まれずノブをまわす」ことになるわけです。その結果、「またやってしまった」という自責の念にさいなまれることになってしまうのです。

これで明らかなように、問題の核心は「はからう心がいけない」という考え方にあるのがおわかりでしょうか。その考え方が弱まれば自責の念も弱くなり、それにともない「強迫行為」の威力さえ影をひそめてしまうから驚きです。

それでは、私がどうやってはからい行為に対する否定的な評価を変えることができたかということに移りましょう。

すでにお話ししましたが、「強迫行為」と評されるものは、行為者本人に、「いま自分がやっているのは強迫行為だ」という自覚がほとんどないか、あってもきわめて弱いのが特徴です。それゆえ、たとえ、「確認の繰り返し」というはからい行為そのものを止めることができなくとも、「不安をスッキリしたいから確認を繰り返しているのだ」という明確な自覚さえあれば、それはもう、厳密な意味で強迫行為とはいえないといってもいいでしょう。「強迫行為ではない」ということになれば、堂々とはからうことができるようになり、その結果、はからいもすぐに止まるというわけです。

ここで、「はからいながらもとらわれない道」を歩んでいる友人Oさんの言葉を紹介しましょう。彼も私と同様、長年、ガス栓の確認をはじめさまざまな強迫行為を経験してきた方です。

今まで、はからうたびに「また余計なことを考えている」と自分を責めていました。しかし、今では、「はからいは自然に出てくるものだから、断つ必要はない」、とニコニコしながら「はからう自分」に言い聞かせています。その結果、自分の心を痛めつけることがなくなりました。戸締まりやタバコの火に、「大丈夫かな?」と一瞬はからうことはむしろ当然なことです。一瞬はからった後は、とらわれずに先に進めばいいだけのことです。このときに、「身体の感覚」にまかせればいいわけです。

樋口正元先生は、森田理論の真髄をやさしい言葉でつぎのように説いています。

悩んでいるときは、とらわれるのも、またはからうのもみな心の自然であって、とらわれながらそしてはからいながら、本心を自覚し、毎日のやるべきことに手を出していくのがあるがままである。とらわれている、はからっているとわかっていても、自分ではなかなか抜け出せないのある。むしろ、とらわれたまま、はからったままでいる方が心は自然で無理がない。とらわれ、そしてはからいながら、やるべきことに手を出していけば、結果的には心が動くようになって、とらわれやはからいから解放されるのである。〔「森田療法こぼればなし」——「生活の発見」No.469〕

知性の自己矛盾——池田数好先生からの問題提起

おそらくみなさんも、神経症から立ち直ろうとして、これまでたくさんの本や論文を手にし、そのなかには忘れられないというか、心に残る論文との出会いを経験されていることでしょう。私にとってはその一つが、九州大学名誉教授の池田数好先生が書かれた「人間、この矛盾したもの」という論文〔「生活の発見」No.379〕でした。

これは、生活の発見会二〇周年記念講演会での講話がもとになったものですが、そこで提示された「知性の自己矛盾」という問題が私の心をとらえたからです。

池田先生のお話によると、ある日、「雑念ばかり浮かんで勉強に集中できない」といって診察を受けにきた高校生がいたそうです。彼の話をよく聞いてみると、三年生になった一学期のはじめに、担任から、「最終の大切な学年だし、勉強にとってもっとも重要なことは、他のことを考えたり雑念を浮かべたりしないで注意を集中して勉強することだ」という訓示があったため、真面目にこれを実行しようと努力していくうちに、かえって雑念が強く浮かぶようになり、勉強に集中できず成績が悪くなってしまったということです。私が二十代の頃に陥った「雑念恐怖」も、まさにこのパターンでした。

このようなケースに対して、池田先生は、「大学受験をまぢかにひかえた多人数の生徒に対する指導助言として、この担任教師の訓示はちっとも間違ってはいない」とし、それというのも、「おそらく、彼以外の生徒は、担任の訓示を思い出して学習の能率を上げる足しにしてきたであろうから」という理由を挙げています。

そのような前提に立って、池田先生は、「それでは、なぜ、相談者は担任の訓示がつまずきの原因になってしまったのか?」という問題を提起され、つぎのような興味深い提言につなげておられるのです。

つまり、多くの生徒が、担任の訓示によって勉強の能率を上げることに成功したのは、その訓示をまともに受けずいい加減なところで打ち切っていたか、最初から訓示など忘れ去っていたか、あるいはやってみようともしなかったからだというのです。それに比して相談者である高校生は、教師の指示を文字どおり完璧に実行しようと努力したために挫折してしまったというわけです。

池田先生によると、あるところまで知性の矛盾が高じてくると、この矛盾を解決するために、知性のもっている本来の方向を逆の方向へ、すなわち、知性化から反知性化の方向へ、たとえば、厳密性を曖昧さへ、論理性を非合理性へという具合に反転させる、そういう自己防衛の仕組みが〈健康な心〉には内包されていてバランスをとっているのだということです。

さきの高校生も、「どこまでも雑念を浮かべないように」とぎりぎりまで押し進めたために、雑念恐怖症に陥ってしまったということなのですね。池田先生がおっしゃるように、ある程度のところまでいったら、その心の動きを反転させる、これを言葉で表すと、「まさか……はないだろう」「まさか自分が……」「たぶん大丈夫だろう」「やむをえないだろう」といった気持ちに近いものだろうというのが先生の言ですが、どうやらそれがポイントのようです。私が雑念恐怖症になって苦しんだのは、「心の反転」というバランス機能が働かなかったからだということがよくわかります。

それでは、私がどのようにしてこの〈反転作用〉を身につけてきたかということに話を移していきましょう。実は意外な文献との出会いがそのヒントになったのです。

それはある人物との巡り合せからはじまりました。その人こそ、私の生き方を決定づけた清《きよ》沢満之《ざわまんし》という宗教哲学者です。この人の詳しいことは後の章に譲るとして、とりあえず彼の文章を紹介しましょう。それは、「仏による勇気」〔『清沢満之全集』岩波書店〕という文章です。彼はその冒頭で、つぎのような趣旨を述べています。

日頃、原稿を書いたり、講話をしたりするときには、「どういう題がよかろうか、こういう題は悪かろうか、この題はあまり突飛であろうか、この題はあまり陳腐であろうか」などと、種々様々に考え込んでなかなか容易に決着することができないというのです。そうしていると、「そろそろ頭は変になる、考えは出ないようになる、だんだん勢いを失うてとてもこれではしようがないというふうに苦悶に沈まんとする時に、もし、仏を思い出すことがありまする と、とみに勇気を得ることであります」と信仰によって救われていく過程を力強く表白しているのです。

これは、一見、信仰に特有の世界を描写しているようにも思われますが、私は、この清沢の文章を読んでいて、これこそ、池田先生がいうところの〈反転〉に近いものがあるのではないだろうか、と思ったのです。

さらに清沢は、「原稿起草の時や、講話演説をする時ばかりでなく、いろいろことに当たりて困難を感ずる時や、また過去のことにつきて思いわずらうような時などにも同様の実験を得た」とし、つまり、「心配や苦悶によりて元気を失わんとするすべての場合にあてはまる」と強調していますが、彼の場合は〈仏を思い出す〉という心の反転によって、はからいが止み、とらわれに至ることを阻止されたのではないかと私なりに考えています。

私にとっては、〈反転〉というバランス作用を、清沢のこの文章のなかに具体的なイメージとして理解できたことは幸いでした。それを言葉で表すと、「まかせる」という表現が当たっているでしょうか。いろいろとはからいながらも、ひとたび、「まかせよう」という気持ちになると、それまでのはからいが嘘のように消えていくのです。どうやら、私にとってこの言葉は、〈反転〉に弾みをつけるためのサインようにも感じます。

かつて私は、このあたりの心象風景をこんなふうに表現したことがありました。

現在でも「ああでもない、こうでもない」といった思考の働きが活発になりますと、暗いはからいの闇の中に閉ざされてしまいます。しかし、いったん、「おまかせの世界」に触れだしますと、一転してどこからかエネルギーが満ちてくるのです。このような二つの世界を行ったり来たりの繰り返しの中に生きている、というのが私の現状なのです。

いま神経症で悩んでいる方々も、この〈反転作用〉を自分なりのやり方で身につけることにより、はからいがとらわれにまで発展しないようになるのではないでしょうか。

このようにして、私は、「健康な人も神経質者と同じように知性の矛盾を抱えていながら、どうして、彼らは神経症にかからないのか？」という池田先生の問題提起を、私なりに受け止めることができたように感じているのです。

自分に合った森田理論を作ろう

われわれ発見会の会員の間では、「立ち直っていく上で、どんな森田理論が役に立ったか」ということが、しばしば話題になります。この点については、「あるがまま」や「なりきる」ということを強調する人、片や「自然に服従すること」の重要性を挙げる人、また「純な心」で救われたと喜ぶ人もいて、人により影響を受けた理論が異なっていることがわかります。

ところで、私にとって一番役立った点はというと、すでに述べましたが、精神の拮抗作用の「反対観念」という考え方で、それ抜きの森田理論は考えられないほどの影響を受けたのです。それだからでしょう、生活の発見会で作成された「森田理論学習の要点」に、精神の拮抗作用(反対観念)の効用に関する記述がないことを不思議に思っていたのですが、精神科医神田橋條治先生の『治療のこころ』という本を読み、その疑問が氷解しました。

神田橋先生によると、「技術というものは、その編み出した本人にとっては一番いいものであるが、多くの場合、その本人の天性に欠けている部分を補うものである」というのです。たとえば、精神分析の創始者であるフロイトという学者は、その技法の一つとして「中立性」ということを強調していますが、実はフロイトという人は好き嫌いの激しい人で、中立性とはほど遠い治療行為を行っていたというのです。そのために、後悔の気持ちから「中立性」ということが技法として結実したのではないか、ということでした。

「著者がある部分を強調していたら、ああこの人はこういうところが天性少なかったんだろうかなと思えばいい」と語る神田橋先生の言葉に、私は先の疑問に対する答えを見つけたように感じたのです。なぜ私にとって、「学習の要点」というテキストにない精神の拮抗作用（反対観念）が立ち直りの技法として機能したのかといえば、「観念と事実の混同」という陥穽に陥りやすい私にとっては、その理論に出会うことによってかろうじて「観念の世界」の独自性が確保されたからだと思います。こうしてみてくると、森田理論のなかで何が一番フィットするかは、各人の個性の違いによるところが大きいということがわかります。その意味では、森田理論というのは、本来的にオリジナルであるといえるのかもしれません。

薬物療法について思うこと

何年か前までは、強迫神経症に関する知識を得ようとすれば、図書館や書店に行き強迫症状について書かれた本を探すというのが一般的な方法でした。しかし、今日のようにパソコンが普及してくると、インターネットの検索機能を使って情報を入手するというやり方が広がっています。

ちなみに私も、パソコンに「強迫神経症」と入力し、検索してみることにしましょう。画面に目をやると、強迫神経症の治療内容として薬物療法と行動療法に関する記述は出てきますが、森田療法の説明は見当りません。どうやら、強迫神経症の治療内容としては、森田療法の知名度はまだまだ低いという現実を物語っているようです。森田理論によって強迫神経症から立ち直った私としてははなはだ残念なことで、「森田療法の素晴らしさを知らせたい」、それがこの本を執筆した動機の一つでもあるのです。

それでは、強迫神経症の治療法の一つである「薬物療法」について考えてみたいと思います。

薬で強迫症状を治療するということは、今では広く行われていますが、そのきっかけはある種の抑うつ剤の投与であったということです。当初はうつ状態を押さえるための抑うつ剤でしたが、「強迫症状の軽減」というその薬効が注目され、「強迫症状を薬で治す」ということが現実になったとのことです。

忘れもしない、あれはもう一〇年以上も前のことです。新聞の広告欄に「強迫性障害をくすりで治す」という文言を見つけたとき、私は強い衝撃を受けました。それは、強迫症状が薬で簡単に治るということになれば、強迫神経症と格闘してきたこれまでの私の人生は無駄な時間だったということになるのだろうかという不安がよぎったからです。

早速、その雑誌「暮らしと健康」一九九五年五月号を購入し読んでみると、そこに見いだしたのは強迫神経症をめぐる治療構造の変化でした。

「こころの科学」二〇〇二年七月号によると、強迫神経症の治療構造を大きく変化させた要因として、一九八〇年代以降の脳の神経科学的な研究の成果と脳の断層撮影技術の開発（ＰＥＴ）が挙げられています。それらの飛躍的発展により、患者の〈脳〉を直接観察するという、森田正馬博士の時代には考えられなかったことが可能になったのです。

その結果、強迫神経症の患者の脳には、大脳基底核・前頭葉・側頭葉といった各部位の脆弱化という生物学的基盤があるとされ、いまや、「神経伝達回路の異常という器質的な疾患が強迫神経症の原因である」という仮説が広く行き渡っています。

まさに脳の神経科学の発達は日進月歩で、強迫症状はセロトニンなどの神経伝達物質の不足が主因とされ、ＳＳＲＩ・ＳＮＲＩといった薬の処方によってセロトニン量の改善が認められ、現在では、薬物療法が強迫症状の第一次的な治療法に躍り出たのです。

私たちが催している強迫神経症のグループ「生泉会」でも、薬物療法を受けている参加者が目立つようになりました。私のような薬の恩恵を受けなかった者にとっては、まさに隔世の感があります。

神経症が治るとはどういうことか

数年前、日本でも使用が認可されたＳＳＲＩという薬の前評判は大変なもので、まるで、それを服用すればたちまち強迫神経症とサヨナラができるような期待感を抱かせたのです。

あれからだいぶ時間が経ち、ＳＳＲＩの治療効果も冷静に評価できるようになりました。さて、その成果は前評判どおりだったのか、気になるところですが、わが生泉会の参加者で薬物療法を経験した人の話によりますと、「思ったほどの効果はなかった」という意見が多いようです。おそらく、薬にかけた期待が大きかっただけに、それとのギャップを感じているからでしょう。

それにはまた、彼らの「強迫神経症の治癒像」が影響しているのかもしれません。というのは、なにしろ患者が描く強迫神経症の治癒像は「強迫観念が浮かんでこないこと」であって、「とりあえずは日常生活が回っていければいい」という医師やカウンセラーが描く治癒像とはかなりの隔たりがあるからです。そのため患者にすれば、たとえ薬を服用することで日常生活が回りはじめたとしても、強迫観念にとらわれるかぎり、「思ったほどの効果はなかった」との印象を抱いたとしても無理からぬところでしょうか。

ところで「神経症の治癒像」をめぐっては、森田先生と患者さんとの間で交わされた興味あるやりとりが全集第五巻に残されています。

槍玉に上がった患者は書痙で入院治療を受け、退院後無事会社に復帰できたにもかかわらず「字が思うように書けないので、書痙は治っていない」と言い張り、森田先生から、「君の書痙は会社の勤務ができるようになったときに治ったといってよい」と諭されています。

それでは、森田先生はどのような治癒像を描いておられたのでしょうか。

先生は、鼻尖恐怖を例に挙げて、「治癒」についてつぎのように述べています。


治ったから再び鼻の先は見えなくなったというわけにはいかない。鼻尖恐怖にかかる以前は、ただ鼻の先に気がつかなかったというだけで、見えていたことには相違がない。それで、一度気がついた以上は、再び気がつかなくなるということは不可能である。強迫観念が治ったというのは、これに拘泥する苦悩がなくなったというだけで、その傷の瘢痕は永久になくならないのであります。


さて、この森田先生の治癒像と、「字がサラサラと書けないので書痙が治っていない」と言い張っていた患者さんの治癒に対する認識とは、どこが違うのでしょうか。

どうやら患者さんは、「書痙になったから思うように字が書けなくなった」と思い込んでいるようですが、先生によると、実は書痙にかかる前にも字はサラサラと書けていなかったはずで、ただ、そのことを当然のことと思い、気にとめていなかっただけであるということのようです。

ひとたび「鼻の先」や、「字が思うように書けないこと」に意識がいってしまうと、ふたたびそれを無意識化するのは不可能なことだと先生は強調していますが、かつての私同様、〈治る〉ということは神経症になる前の「気にとめていなかった状態」に戻ることだと誤解している人が多いように思われます。

長い強迫神経症の体験を通して、私は、「いったん確認行為を意識化してしまうと、短期間にそれを再び無意識化することはほとんど不可能に近い」と痛感しています。その上、最近の脳科学によると、一度学習したことは「脳の回路」に刻み込まれて消えることがなく、ただ、新たな学習の蓄積によって「新しい回路」が作られていくだけだということです。私はそんなことも知らずに、強迫行為という「旧い癖」が顔を覗かせただけで、「まだ治っていない!」と自分を責めつづけていたのです。

ところで、「どんな病も、メッセージを携えてやってくる」と言われています。「強迫神経症は自分に何を伝えるためだったのか」、と内省していくうちに、症状と向き合う姿勢が変化していくのに気づきます。病むことの意味を見いだすことができたとき、症状に振り回されない自分に気づくことでしょう。私はこのような状態を〈治癒〉と考えているのです。

いずれにせよ、「森田療法による治癒像」に関しては、池田数好先生のつぎのような言葉を忘れないようにしたいものです。

森田療法の治癒像とは、平均的な性格の人や、いわゆる外向性性格者に比べると、依然としてその人たちの知らない苦労や不安を背負っている人間像であり、「根本的によくなったとも変わったとも感じないが、いつの間にか以前できなかったことが自由にできている自己の発見」といった、むしろ落着いた沈んだ心の構造といえるものです。〔「生活の発見」No.379〕

このことに関して、最近届いた私の友人Sさんの手紙を紹介しましょう。Sさんとは平成五年五月に生活の発見会で開かれた三ヶ月間の学習会で知り合いました。彼女の主な症状は「視線恐怖」で、高校生の頃には電車に乗ると人の視線が矢のように体に感じられ、降りるまでは冷汗を体いっぱいにかきながら硬直状態で乗っていたということです。また座席に座ったときは、とくに向かい合っている人の視線が恐く、そのため顔の表情がこわばり、視線をどこに置いておけばよいかわからず、まわりの人が一点を見つめ、平然と座っていられるのが不思議でならなかったと話しています。

Sさんは、手紙にこう綴っています。

生活の発見会に入会し、森田理論のおかげでずいぶんと前向きに生活できるようになってきたと思っています。でも、根っこにある〈人に対する苦手な感情〉は少しも変わらずあるのです。変っていないようでいて変わってきている自分、変ってきているようでいて変っていない自分、この歳になってもまだまだ迷っています。

この「変っていないようでいて変ってきている自分、変ってきているようでいて変っていない自分」と表現されたSさんの世界こそ、池田先生の指摘された治癒像に合致するといえるでしょう。

薬物療法とどう向き合うか

「薬物療法」と聞くとすぐに思い浮かぶのは薬の副作用のことですが、幸い最近ではかなり改善されてきているということです。ただ、患者は薬に関する知識が乏しいため医師に頼らざるを得ず、その分、病に主体的に関わることがむずかしいのが現状です。その上、医師のなかには薬の効能を過信するあまり、安易に処方するケースも少なくないようで、これでは「手っ取り早く治して、すぐに再発」ということにもなりかねません。まさに薬とのつきあい方が問われているのです。今日のように、薬から入り、薬とのつきあい方を探る時代になると、かつてのように〈苦悩〉が人々を哲学や宗教の世界へ誘うことなく、いきなり「医療の世界」へダイレクトに結びつけてしまう可能性が高いといえるでしょう。

さらに、薬物療法を森田療法とうまく噛み合わせようとしても、両者の〈不安〉に対する考え方の違いがネックとなりはしないかと心配になってきます。それというのは、ひとたび薬の服用で不安が軽減することを味わってしまうと、どうしても、「不安を取り去ろう」という癖がついてしまい、森田療法が目指す「不安を異物視しない生き方」とはなじまないおそれが出てくるからです。

この点については、われわれ患者側の姿勢にも問題がありそうです。行き詰まるとすぐに薬に頼り、「病をきっかけにそれまでの生き方を見直す」というせっかくのチャンスを逃してしまっているとしたら、残念なことです。言うまでもないことですが、薬が人生の苦悩まで解決してくれるということはないのですから。

ところで、薬物療法に関する本質的な問題といえば、その根底にある人間観にたどり着きます。先に述べたように、薬物療法は、「強迫神経症は、脳の器質的疾患が原因である」という一種の決定論的な仮説を根拠としています。

仮に、強迫神経症がそうした生物学的基盤を有しているとしても、人間の行動がすべて脳の状態によって決定されるとはとうてい考えられません。なぜなら、人間には自己の行動を決定する主体的な意思があると思われるからです。その意味で、薬物療法は、人間の主体性を軽視する方向につながりやすいというのが私の意見です。

それでは、「薬物療法にはまったくメリットがないのか」というと、そうとも言い切れません。なぜなら、薬物療法によって症状が軽減されるだけでも、患者にとっては神経症と一体化していた自分を取り戻し、精神療法と向き合っていくためのエネルギーが得られるからです。もっとも、薬物療法の効用はその限りであって、やはり治療の核心は精神療法にあるといえるのではないでしょうか。

行動療法を通して見えてきた森田療法の世界

行動療法とはどんな治療法か

「他者を知ることは己を知ることである」とも言われるように、森田理論の真の理解には、たとえアウトラインだけでも行動療法の知識は欠かせないでしょう。ここでは、行動療法を通して森田理論の特質を見ていきたいと思います。

現在、強迫神経症の治療法として、薬物療法に次いで知られているのが行動療法です。行動療法といえば近年、強迫神経症の治療技法として曝露反応妨害法（ＥＲＰ）が広く知られていますが、これは、曝露法（エキスポージャー）と反応妨害法の組み合わせで、次のようなものです。

洗浄強迫（不潔恐怖症）を例にとると、これまで患者が「病原菌の感染」を恐れて触るのを避けてきた電車の吊り革などに、あえて触るように仕向けられます。これが曝露法といわれるものです。こわごわ実行した患者は、内面から突き上げてくるような不快感を取り払うため手を洗いたくなりますが、しばらくの間我慢させられます。これが反応妨害法です。

こうした行動を、比較的容易なものから困難なものへと段階を踏みながら体験していくうちに、しだいに患者は「汚い」という感覚にも抵抗力がつき、行動の範囲が広がっていくということです。

このように、強迫神経症の治療法としてその有効性が検証されている行動療法ですが、残念なことにわが国では実施している医療機関が限られ、また、その治療レベルも医療機関によってバラツキがあるのが現状です。

行動療法との出会い

私の行動療法との出会いは、一冊の書物から始まりました。それは、カリフォルニア大学ロサンゼルス校医学部の精神医学研究教授ジェフリー・M・シュウォーツの『不安でたまらない人たちへ』〔吉田利子訳　草思社〕という本です。この本で展開されている行動療法はつぎの四段階から成っており、「四段階方式」と呼ばれています。

第１段階　ラベルを貼り替える（自分は強迫性障害に悩まされていると認識する）
第２段階　原因を見直す（それは脳の生物化学的アンバランスが原因だと知る）
第３段階　関心の焦点を移す（強迫行為を拒否し、別の健全な行動に焦点を移す）

第４段階　価値を見直す（強迫観念は、無意味だと自分に言い聞かせる）

私はこの本により、一口に行動療法といっても曝露反応妨害法以外にいろいろな治療パターンがあることを知りました。著者のシュウォーツ教授は、のちに出版した『心が脳を変える』〔吉田利子訳　サンマーク出版〕のなかで、「正常で健康な人間が拒否することを強制することは、患者の人間性を無視するものである」と曝露反応妨害法を批判し、その思いが「四段階方式」なる治療技法の開発につながったと書いています。

同教授に開発を促した当時の曝露反応妨害法の中身を知って、私も仰天しました。たとえば、「運転中にデコボコした道路があると、誰かをひいたのではないかと不安にかられ、何度もバックミラーを確かめずにはいられない」という患者に対しては、なんと「バックミラーなしで運転させた」というから驚きです。

また、不潔恐怖症の患者に対しては、不安が解消するまで、「公共トイレの便座を手でなで回し、その手で髪や顔、服に触れてその汚れを広げる」ということが治療として行われていたというのです。

このような治療内容が、現在の曝露反応妨害法としてそのままの形で通用しているとは思えませんが、不快感に慣れさせることを目指している曝露反応妨害法は、そのような「行き過ぎ」が生まれる危険性をはらんでいるといえるかもしれません。

森田理論学習者が行動療法に対して抱く疑問

行動療法は薬物療法と併用することで、高い効果が期待できるといわれています。しかし気になるのは、せっかく行動療法を受診しながら、かなりの数の脱落者が出ていることです。その理由はどのようなところにあるのでしょうか。

強迫神経症の一体験者として私が思いつくことは、行動療法における治療では、患者はつねに「我慢を強いられている」ということです。さきほど例に挙げた、「不潔恐怖症の患者が吊り革に触る」というケースを思い出してください。恐る恐る吊り革に触った後、患者は「汚い」という内面から突き上げてくるような不快感に体中が満たされ、反射的に「手を洗ってスッキリしたい」いう思いに駆られるのです。

しかし、患者は手を洗うことが許されていないため、受けるストレスは相当なもので、立ち直りへの意欲が強くないと治療を継続することはむずかしいのではないでしょうか。意志の弱い私などは、たとえ行動療法を受診したとしても、さしずめ脱落者の一人になっていることでしょう。

ところで、「強迫神経症の成り立ち」に関する森田理論については、すでに説明しましたが、その考え方からすると、行動療法の考え方には疑問を感じるところが目につきます。

我慢させることはコントロール志向を強化する

すでに説明したように、行動療法の治療内容の一つである反応妨害というのは、「手を洗いたい」「ガス栓を確認したい」という襲ってくるような衝動に抵抗し、強迫行為をしないように我慢させることです。

「強迫行為」というのは、どの患者にとっても、半ば反射的な行動となって習慣化しているので、それに抵抗するのは想像以上にむずかしいことですが、行動療法では、その成功体験が「行動をコントロールできる」という自信につながり、立ち直りのきっかけになると言われているのです。

しかしこの点に関しては、森田理論からつぎのような疑問が生まれます。強迫行為に苦しむ人は、もともと「あるべき理想の状態」を頭に描き、それに現実の自分を無理矢理あてはめようとする傾向が強く、しかも彼らの多くは、その理想の実現には「自己コントロール」が欠かせないと思い込んでいます。それだけに、行動療法のように我慢を強いることは、この患者のコントロール志向を強化し、「できないのは自分の意志が弱いからだ」と思わせてしまう危険性が高いのではないでしょうか。

長らく強迫観念に苦しんだAさんは、その体験から、「我慢は、強迫行為と同じ心のあり方ではないか」と指摘しています。それは、「我慢も、その強烈な不快感を取り去ろうとしている点で、強迫行為と本質的には変わらない」というのがその理由ですが、うなずかれる方も多いことでしょう。

手洗いの必要がないことはわかっている

いま、トイレの後の手洗いにこだわり、日常生活に支障をきたしている一人の洗浄強迫（不潔恐怖症）の患者がいるとしましょう。この人が曝露反応妨害法を行う場合には、まず、「どのような場合に手を洗うことが許されるか」を明確にすることから始めます。この点について、リー・ベアー著『強迫性障害からの脱出』（越野好文訳　晶文社）という本には、次のように書かれています。

①トイレに行った後で洗うのはよろしい。
②食べる前に洗うのはよろしい。
③身体のどこかに汚れを見つけたときは、洗ってよい。
④有毒物のラベルのついているものに触れたときは、洗ってよい。

私はこれを読んで、何と親切(?)なことかと驚嘆しましたが、それだけではありません。そこには「手洗いに要する時間」についてまで記されており、「疑問が生じたら、協力者をはじめまわりの人にその時間を聞いて平均値を出し、それを長期目標としなさい」というアドバイスまで書かれているのです。

実を言うと、「どのような場合に手洗いが必要であり、どのようなときには必要でないか」という点については、私たち強迫症に悩む者はもうとっくにわかっているのです。ただ、強迫観念が強く迫ってくるために、自分の判断に確信がもてないだけなのです。ですから肝心なことは、それが「洗う必要のあるケースかどうか」を他人に聞いて決めるのではなく、〈自分の感性〉にゆだねられるかどうかではないでしょうか。いつまでも他人に聞いて判断していては、〈他人の感性〉にゆだねる結果を招き、「人に依存する」という強迫症の特性が改善されることはないからです。

このことに関連して、私は洗浄強迫に悩む子供の母親から質問を受けたことがあります。それは、子供が「お母さん、わたしの手、もうきれいになった?」としつこく聞いてくるので、つい「きれいになったわよ」と答えてしまうのですが、こうした対応でいいのでしょうか、というものです。

この母親によると、「何度も尋ねてくる子供がかわいそうなので、つい、答えてしまう」とのことでしたが、さきほども述べたように、強迫症に悩んでいる者は、「きれいになったかどうか」ということはすでにわかっており、ただその〈感覚〉に自信がもてないだけなのですから、そういうときは子供に対して、「あなたはどう思うの？」と聞き返してあげてほしいのです。そうすれば、子供はその母親の問いかけを、「あなたの感性で生きていっていいのよ」というメッセージとして受け取り、自信をつけていくきっかけになると思うからです。

〈最悪のシナリオ〉は必要か？

「曝露反応妨害」という治療プログラムを実施していくなかで、おそらく強迫行為に悩む人が一番ためらうのは、「最悪のシナリオ」というメニューだと思います。まず、その内容から説明しましょう。

これは、強迫症に悩む人が一番恐れている状況に焦点を合わせる技法です。まず、その恐れていることをあえて文章化（シナリオ作り）することではっきりと意識化し、そのシナリオを録音テープなどに入れ、たびたび耳にすることによって恐怖が弱まり、そこに描かれたシナリオがたんなる観念上のものでフィクションにすぎないことを実感させる作業メニューです。

たとえば、自分の幼い子供を助手席に乗せて運転すると、「突然、運転中に窓を開けて、わが子を放り投げてしまうのではないか」という恐怖心から車を運転できなくなった人のケースを例に挙げましょう。これは「加害恐怖」といい、強迫観念としては通常そんなにめずらしいケースではありません。

さて、この人の作る「過激なシナリオ」はというと、おそらく「運転中、突然、窓を開けて、無理やりわが子を抱き上げて窓から放り投げ、そのまま運転をつづける」という内容になるでしょうか。

クライエントは、このシナリオ作りの過程で強いストレスにさらされることでしょう。しかも、その出来上がった「作品」をテープに吹き込み、繰り返し聞かなければならないというのですから、考えただけでも気の毒な感じがします。

しかし、ちょっと「過激」とも思われるこの技法も、「習慣化による回復」を目指す行動療法にとっては、省くことのできない定番メニューなのです。「どんなに怖ろしいシナリオも、耳になじんでくるにつれて恐怖心がなくなり、その結果、たとえシナリオ通りの観念が頭をよぎったとしてもいつの間にか麻痺してきて、運転できるようになる」というのが行動療法の目指す治療効果なのでしょう。

しかし森田理論からすると、もっと簡単に対処できる方法があるのです。それが、先に説明した〈反対観念〉の効用です。

人の意識作用には、バランス作用として「精神の拮抗作用」があるということは、すでに説明したとおりです。先の加害恐怖のケースでいえば、「かわいい幼子が、誤って自動車の窓から落ちることのないよう気をつけなくては」という思いが強ければ強いほど、その〈反対の観念〉として、「窓からわが子を放り投げる」という観念が浮かんでくるというわけです。ですから、加害恐怖の人は、ぞっとするような怖ろしい観念が浮かんできたら、「これは例の反対観念だ」と一息入れるようにしてください。そうすれば、襲ってきた強迫観念の威力は急速に衰えること請け合いです。

私も、この〈反対観念〉を学習してはじめてわかったことですが、この観念は、強迫観念に悩む人だけに襲ってくるというものではありません。ちょっと気をつけて観察していると、私たちは日常いたるところで反対観念を感じているのがわかります。

たとえば、交通量の多い道路を歩いているとき、「車と接触しないように用心しなくては……」という思いが起きると同時に、「よろけて車道にはみ出して車に轢かれるようなシーン」が頭をよぎります。ビルの屋上から下を見下ろすと、「落ちないようにしなければ」と思うと同時に、「真っ逆さまに落ちていくシーン」が浮かんできます。これが精神の拮抗作用の〈反対観念〉というものなのです。

となると、これは心の自然の作用ですから、「そういうものだ」と受け止めるしか手がありません。どうやら、私たちはこの反対観念ということに無知なため、「こんな怖ろしいことが起きたら大変」とばかりに、その観念を打ち消そうとしてやっきになっているうちに強迫観念につかまってしまうのです。

ですから、行動療法のように、「最悪のシナリオ」を作って反対観念に対処しようとすることには疑問を感じます。なぜなら、反対観念というものは、誰にでも心のバランス作用として浮かんでくるものだからです。

森田療法は行動療法と似ている？

現在、強迫観念で苦しんでいる人が、「何かよい治療法はないか？」とパソコンで検索しても、「森田療法によってどのように強迫観念が治っていくのか」という情報を探すのがむずかしいことはすでに述べたとおりです。そのためでしょうか、森田療法を「行動療法の一つ」としてとらえている人が多く見られます。そう誤解されるのは、森田療法の治療理論が「行動することと」を重視しており、たとえば、「たとえ不安なときでも、その不安な気分のままに、やるべきことをやる」という指導が行われているからかもしれません。

しかし、森田理論の学習者として私が気づいたことは、この二つの治療法の間には本質的な違いがあるということです。それは、これまで述べたように、森田療法は不安や恐怖を乗り越える（克服する）対象としては考えていないということです。つまり、「生の欲望をもった人間であれば、さまざまな欲望の反面として〈不安や恐怖〉を感じるのはごく自然なことである」ととらえているからです。私たちは生きているかぎり不安は尽きないのですから、それを受け止め、抱えながら生きるという方向を目指しているのが森田療法の考え方なのです。

どうですか、行動療法とはずいぶん考え方が違うのをおわかりいただけましたか。行動療法は、不安に立ち向かい、それを克服することを目指しており、私のような意志の弱い人間には、向かないように思われてならないのです。

それだけではありません。私は森田療法と出会って強迫行為の苦しみから解放されましたが、その過程で学んだ森田理論は、「強迫行為の治療理論」という枠を超えて日常生活でも役立っているのです。

その一例を挙げましょう。私が、「五感に頼って確認する」というテクニックで強迫行為から立ち直ることができたことはすでに述べました。この「五感の手応えを感じながら生きる」という習慣は、たとえば、「いずれかに決断しなければならないような場面」に遭遇し、頭で考えていても堂々巡りでなかなか結論が出ないようなときには、「身体の声を聞きながら決断する」という形でそのまま活用できるのです。このようなことから言って、私は強迫行為を通して生き方を学んできたのだというのが、森田の学びの徒としての実感なのです。

「治さない療法」、それが森田療法

森田正馬先生によって創始された神経症の治療法は、今日では「森田療法」と森田先生の名がつけられていますが、先生の存命中はそのような呼ばれ方はしていなかったようで、戦後になってだれ言うともなくそこに落ち着いたのではないかということです。

もっとも、森田療法の別名としては、自覚療法、体得療法等いろいろありますが、樋口先生は、「治さない療法」というのが本質をついているのではないか、と語っています。

私には、この話がとても印象的だったこともあって、先日、森田正馬全集第五巻を読んでいたら、これに関する興味深い個所が目につきました。そこには、こんな事実が掲載されていたのです。

森田先生は晩年、九州での医学会に出席するため、愛弟子である古閑先生を伴いはるばる鹿児島まで出かけていきました。同地では盛大な歓迎会が催されたようですが、そこで、ちょっとしたハプニングが発生します。それは、歓迎会の式場で、県の医師会長をはじめとして代わる代わる歓迎の辞を受けながら、主賓である森田先生が黙っていて挨拶をしなかったというのです。古閑先生は、当時のこうした状況を披露したうえで、「先生が挨拶をされなければ、君が代わってなんとか挨拶すべきだ」と後で関係者から文句を言われた、と語っています。おそらく、古閑先生は、関係者に対して申し訳ないような気持ちで、その場の気まずい雰囲気にじっと耐えておられたことでしょう。

古閑先生によると、森田先生は、「学会などで、神経衰弱に関する事が論じられても、いつも黙っていられる」とのことで、「先生の得意の部門であるから、なんとかいってくださればよいのにと、はなはだ残念に思うのであります」と言葉は控えめながらも、強い不満をのぞかせているのです。

面白いのは、古閑先生と対照的な森田先生の態度です。古閑先生の不満をよそに森田先生は、つぎように釈明しています。

僕は昔から、どういうものか、社交的の挨拶という事が嫌いです。（……）鹿児島で挨拶ができなかったのも、どういってしたらよかろう、いついおうか、もういおうかと迷っているうちに、時機を失い、ツイツイ非常に恥ずかしい目に会うのであります。単に横着でいわないのではない。それをなんとかテレカクシにすました顔を装うているのである。これなどは確かに僕の一つの変質徴候というべきものです。

ちょっと聞くと言い訳とも取れるせりふですが、「これなどは僕の一つの変質徴候というべきものだ」と自己を俯瞰しておられるその姿勢は、「治さない療法」の何たるかを暗示しているように私には思われるのです。

日頃、私たちは、「言おうか、言うまいかとためらっているうちに、言うべき時機を逸してしまう」という場面によく遭遇しますが、森田先生も、「この事についてはずいぶん昔から迷い苦しんで来た」と語っています。しかし、結局は、「なんとも仕方のない事であるから、自分はただ自分だけのものとあきらめている」というふうに受け取っていたようです。

常識的に見れば、古閑先生のお考えはもっともですが、かくあるべきものに自己を合わせていくのではなく、その人のもっている〈資質〉をそのまま引き受けていくという生き方、それが、「治さない療法」としての森田療法が目指している方向なのかもしれない、と私は今ごろになってようやく気づいたところです。

III　強迫神経症から立ち直るには

私は、森田理論によって心の自然の原理を学び、強迫神経症とどう向き合えばいいのかという、いわばコツのようなものを少しずつつかむことができるようになりました。そこで、これから確認強迫を中心に、立ち直りのポイントを考えてみたいと思います。

強迫症の人の独特な確認スタイル

私が自分の確認スタイルの特異性に気づいたのは、確認行為ができなくなってしばらくしてからのことでした。もし、私が確認につまずくことがなかったら、おそらく「人はどんなふうに確認行為をするのか」といった問題意識などもつことはなかったでしょう。

さきごろ手にした『壊れた脳　生存する知』（山田規畝子著　講談社）という本の中に同様の趣旨が書かれているのを見つけ、意を強くしました。著者は脳卒中の後遺症で「高次脳機能障害」を患っている方ですが、「高次脳機能障害は、裏を返せば壊れた脳の部分が正常であったときにどんな役割を果たしていたかを教えてくれるものでもある」と述べています。

こうしてみると、健康なときには気づかなかったことでも、〈障害〉として向き合うことではじめて〈真実〉に触れることができるということは、ハンディキャップを抱えて生きる者にとってどんなに励みになるかしれません。

ところで、人間の身体には生まれながらに「危険を回避する能力」がそなわっていることがわかります。たとえば、突然向こうから車が走ってくれば、パッと瞬間的によけることができるように、この能力が反射的（直感的）に機能して私たちの安全が守られているのです。実は私たちが日頃行っている「安全を確認する行為」（いわゆる確認行為）も、健康なときはこの条件反射と同様、無意識に直感的に行われているのですが、ひとたび強迫神経症になると、そのスタイルは特異性を帯びてくるのです。

それでは、確認強迫に悩んでいた頃の私は、どのように安全確認を行っていたのでしょうか、検証してみることにしましょう。

いま、ガス台の前に立ってガス栓を確認するとします。

以前であれば、ガス栓に目をやるや否や瞬時に、「閉まっている」と認識できたのですが、確認強迫になるとそれができません。「ガス栓が閉まっている」という身体の感覚が信じられないからです。そのため、じっとガス栓を見つめ、何度も「閉まっている、閉まっている」と自分に言い聞かせるように、言葉を使って（声にこそ出さなくても）安全確認を行うようになります。これが確認強迫特有のスタイルなのです。

そして何秒かの後、「よし、これで大丈夫だ」とガス台の前を立ち去ろうとしますが、すぐに「もしかしたら見間違ったのではないか？」という強い不安が襲ってきて、はじめからガス栓の確認をやり直さないと不安でたまらなくなってしまうのです。

このように、確認強迫の特徴は確認行為が繰り返されることです。それは、「確認すればするほど不安になり、その不安を取り除くためにさらに確認する」といった悪循環に陥るからでしょう。いいかえれば、健康な人は「閉まっている」という事実を確認するために安全チェックを行っているのに対し、強迫症の人は、「閉まっていないのでは？」という不安を取り除くためにチェックを繰り返しているにすぎないからです。しかも、そうして何度も確認を繰り返しているうちに、「自分はいま、ガス栓を閉めているのか、開いているのか」、それすらもわからなくなっていくというのが確認強迫の恐ろしさだといえるでしょう。

「スッキリしたい」という強い気持ち、「確認行為をまた繰り返してしまった」という罪悪感、そして強迫行為をこらえきれなかったことからくる自信喪失、それらすべてが強いストレスとなって、私を強迫行為へと駆り立てていくのです。

心のどこかには「ばかばかしい」ということを常に感じながら、確認行為へと駆り立てる誘惑には抗《あらが》うことができなくなっていく、これが確認強迫の正体なのです。

確認とは五感を使った情報収集

私たちは日頃、「ガス栓が閉まっている」という事実をどのように認識しているのでしょうか、私の体験を例に考えてみましょう。

ある日の朝、通勤のため駅に向かって歩いているときのことでした。私は定期入れを忘れたような気がして、あわててバッグの中に手を突っ込みました。「あった」、定期入れに触った手の感触から、瞬時に「定期入れがある」という事実が伝わってきたのです。

このように私たちは、〈五感〉という感覚器官を駆使して事実を認識していることに気づきます。決して、「これは定期入れだろうか?」と考えたりはしません。そんなことをしなくとも、手の感触から瞬時にわかるからです。

ところがどうでしょう、いったん強迫症状に陥ると、このようなやり方をとりません。「これは本当に定期入れだろうか?」と頭で考えようとします。つまり事実を感覚レベルでキャッチするのではなく、言語を使って意識レベルでとらえようとします。先に記した私の「確認のやり方」を思い出してください。私は、五感による収集作業という回路を使わず（使えなくなるといったほうが正確ですが）、頭脳（観念）作業を通して判断しようとしていたのです。そうなると、頭脳作業に必ず伴う「閉まっていないのでは？」という反対の観念に悩まされ、確認を繰り返すことになってしまうのです。私が、ガス栓を見ただけでは「閉まっている」という事実に確信がもてず、何度も「閉まっている」と自分に言い聞かせるように考えながら〈事実〉をつかもうとしていたのは、こういうわけだったのです。

しかも、こうしたやり方は、ガス栓の確認だけにとどまりません。たとえば、部屋の消灯を確認するとき、健康な人なら、真っ暗な部屋を覗いた瞬間に消灯の事実がわかりますが、強迫症になると、たとえ部屋の明かりが消えていても、すぐにはその事実を認識することができず、しばらく真っ暗な部屋を見続けた後、はじめて「消灯」という事実がわかるのです。

また、美術館で絵を鑑賞する場合でも、「ああ、美しい絵だなあ」と絵を全体的に見ることができず、絵の細部まで一つひとつ頭で確認しながら鑑賞しようとするため、美術館を出る頃には、もう疲労困憊状態です。

こうした〈頭で確認〉するやり方の一番困ることは、確認に時間がかかることです。たとえば家族旅行でしばらく家を空けるような場合、戸締まりなどの確認に手間取って、外で待っている家族から「お母さん、早くして」とクレームを受けた人もおられることでしょう。

では、なぜ頭で確認すると時間がかかってしまうのでしょうか。私には長い間疑問だったのですが、生物物理学者の清水博先生の著書である『生命知としての場の論理』〔中央公論社〕を読み、少し氷解したように思います。

私の理解したところによると、健康な人のように身体（五感）で確認しているときには、処理速度の速い大脳の「辺縁系」というところが働き、時間がかからないのですが、どうやらわれわれのように頭で確認するようになると、処理される部位が変わって、言語などを司っている「新皮質」の担当ということになり、しかもその処理は非常に複雑なため時間がかかるということのようです。確認強迫の人のなかには、「確認行為に半日がかかり」という人もいますが、その原因はこんなところにあったのですね。

強迫神経症は「脳の機能障害」？

なぜ、人は強迫症になると、五感から情報を取り入れることを忘れてしまうのでしょうか。考えてみると、五感から情報を取り入れるためには、〈感覚に対する信頼〉が前提になっているといえそうです。そうだとすると、強迫行為に苦しんでいる人というのは、結局は、自分の身体の感覚が信じられない人といえるかもしれません。

これまで私は、確認行為につまずいている人をたくさん見てきましたが、その多くは私同様、生きることへの自信が揺らいでいる人でもあったのです。このことから私は、生きていくことの自信のようなものの根っこには、自己の感覚的なものに対する信頼があるのではないかと思うようになりました。と言いますのは、私自身、生きる自信を取り戻すにつれて、「身体の感覚に対する信頼」が生き生きと甦ってくるのを実感しているからです。

そのように考えると、「人が確認行為で苦しむ」ということの根底には、「生きることの意味の喪失」というような、その人の人生そのものにもかかわる深い問題が横たわっているように思われてなりません。

ところで今日の医学界においては、「強迫神経症には脳の機能障害という生物学的基盤がある」という仮説が広く行き渡っているように見受けられます。たとえば確認強迫を例にとると、ガス栓が閉まっているという事実が認識できないのは、脳の機能障害が主な要因であると考えられているのです。強迫行為に悩む人のなかには、この考え方を知って、「強迫行為の原因が脳にあるということなら、自分を責める必要もなく、気が楽になる」と思う人もいることでしょう。

実は私も、五感という無意識のネットワークを使わずに「頭で確認する」という独特な確認スタイルを繰り返していると、しだいに〈強迫脳〉とでも呼ぶべき特有な脳の回路が形成され、本人も気づかないうちに頭で確認するようになってしまうのではないかと恐れているのです。

その意味からいうと、近時の有力説には、それなりにうなずけるところがありますが、しかし、たとえ時間がかかるとしても、生活習慣をただすことでいくらでも〈強迫脳〉自体を再構成することはできるのですから、「脳の機能障害」を強迫神経症の要因として重視する見解には、やはり抵抗を感じます。

しかも、この決定論の立場に立つと、「強迫観念は脳から起こってくるのだから仕方がない、あきらめなさい」と言われているようで、「生活を立て直そう」とする意欲がそがれてしまう危険性すら感じられるからです。

身体に組み込まれた自然のメカニズム＝無意識への信頼

これまで私はガス栓の確認にこそ悩んできましたが、同じ強迫神経症でも不潔恐怖症の苦しみは味わったことがありません。それというのは、「手がきれいになった」という事実を五感の働き（無意識のネットワーク）にゆだねており、自分の頭で判断しようとはしないからです。ところが、こと「確認行為」となると、どういうわけか健康なときとは違ったやり方をしてしまうのです。私にとっては、この「安全確認を頭ではやらない」という健康な人にとってはごく当たり前の事実に気づくことが、強迫神経症から立ち直るきっかけだったのです。

もっとも、ここで言う「頭ではやらない」ということの意味が少しわかりづらいと感じられるかもしれませんが、それでしたら私たちが靴を選ぶとき、もっぱら足の感触に頼って、頭では判断しないことを思い出していただければ、おわかりいただけるのではないでしょうか。

ところで、今日の脳科学によると、われわれが「動こう」と決意（意識に上った）したときには、すでにもう身体は動く体制に入っているということのようです。

このことを、「ガス栓の確認」について確かめてみることにしましょう。

目の動きに注目していてください。まず、「ガス栓」に目をやります。すると、目はガス栓の安全を確認した瞬間、無意識にガス栓を焦点からはずそうとしていることがわかると思います。「閉まっている」という事実が意識に上るのは、それから少し後のことです。これはちょうど、私たちが熱いものに触ったときにさっと手を引っ込め、それから「熱い！」と感じる条件反射にそっくりです。

つまり、「閉まっている」という事実を私が認識する前に、すでに身体（目）はその事実を知っているということなのでしょう。そうだとすると、身体が「閉まっている」とわかっているのに何度も確認を繰り返していたわけですから、私が強烈な不快感を味わう破目になったのも無理からぬことだったといえましょう。

　このようなことからいうと、強迫神経症（強迫行為）とは、「無意識のネットワークで行われていた行為を意識レベルに引き上げてしまったため、行動が円滑に行かなくなった状態」と言えるのではないでしょうか。

「無意識への信頼」というと、私は一つの印象的な光景を思い出します。それは私が風呂場のスノコを乾かそうと庭に出たときのことでした。「ここに置けば歩きの邪魔になるのではないか？」「あそこに置くと風で倒れて植木鉢を壊してしまうのではないか？」と、いっこうにスノコの置場所が決まらないのです。「スノコ一枚、乾かすこともできないのか」と己の無力さに愕然として、しばらくスノコを持ったままその場に立ちつくしていました。するとまもなく、「もうこうなったら仕方がない、身体にまかせるしかない」と思いついて一切のはからいをやめ、身体の動きにゆだねることができたのです。

　日頃、私と同じように強迫的症状で苦しんでいる人なら、ガス栓を確認すればするほど苦しくなるという体験をしていることでしょう。このような「もう、どうすることもできない」という絶望感を味わうことによって、はじめて無意識への信頼の扉に手が届くような気がします。

　私は人から、「あなたはどうやって五感を信じられるようになったのですか？」と聞かれることがありますが、それは頭で確認すれば混乱することを嫌というほど味わってきたため、「もう、身体の声にすがっていく以外にない」と思い定めたからです。何とかやりくりできるうちはだれでもその方法に固執してしまい、「身体の感覚を信頼する」という方向にはなかなか向っていかないのでしょう。

この身体感覚への信頼ということで強い共感を覚えるのは、本章の冒頭で引用した山田さんの文章です。山田さんは高次脳機能障害の「視覚失認」という症状により、階段を見ても「それが上りなのか下りなのかわからない」という不自由な状況に陥りながらも、新しい方法を見いだすことで障害を乗り切っていきます。

彼女曰く、「目で見て混乱するなら、見なければいい」というわけで、目をつむり、身体(足)にまかせて階段を上り下りすることを思いつきました。そのときの喜びをこう述べています。

私の足は階段の下り方を覚えていた。「最初から足にまかせてくれればよかったのさ」と言われているよう。目は前方にまだ段があるかどうかの確認だけに使うようにして、あとは足が動くままに下りればいい。そうだ、大脳は忘れても、小脳が覚えていたんだ、とちょっとうれしくなる。

このように、山田さんは脳のダメージによる認知障害を、現在残っている「正常な脳のネットワーク」にすがることでカバーしているのです。この己の無力さをあるがままに認め、身体の声に従うという姿勢は、私には強迫症からの立ち直り方をも示唆しているように感じられてなりません。

意識と身体＝無意識のバランスを

先日、インターネットで「潔癖症」を検索したところ、掲示板には、不潔恐怖症に苦しむ人の絞り出すような声があふれていて、心を打たれました。そのなかの一人は、苦しい胸の内をこんなふうに吐露しています。

学校から帰ると、カバンを家の中に持ち込むことは汚い感じがしてできません。そのため玄関の角にダンボール箱を置き、その中にカバンを入れています。家ではできるだけカバンに手を触れないよう、宿題も学校の図書室で済ませています。最近一番苦しいのは、トイレに入ると、身体中が汚れたような気がして、トイレの後は布団に入れなくなってしまったことです。そのため今では布団を敷かないで直接床に寝ています。毎日、掃除や手洗いばかりやっていて、くたびれてしまいました。

学校から持ち帰ったカバンを、彼女はなぜ「汚い」と思うのでしょうか。おそらく、学校の床に置いたカバンは「汚れている」と感じるからでしょうし、トイレの中も、「汚い」と考えているからでしょう。つまりこの人は、「これこれこうだから汚い」というように、汚いかどうかを自分の頭で判断していることがわかります。

有名な仏教の説話の一節に、「ムカデがどの足から踏み出そうかと考え込んだとたん、足が乱れて前に進めなくなってしまった」というのがありますが、この話を私が記憶に留めているのは、ガス栓の確認ができなくなったり、何度手を洗っても「きれいになったと思えない」と言って嘆く人は、このムカデと同じ過ちを犯しているのではないかと直感したからです。

「どの足から踏み出すか」ということは、本来、身体の動きにまかせておくべき問題であって、こうした〈意識と身体の分担〉がうまく機能しなくなることが強迫行為の特徴といえるでしょう。

森田先生も指摘していますが、投げられた球をうまく受け止めるには、その球のゆくえだけに注意を集中し、「そのとき自分の手をどんなふうに動かしたらいいのか」ということは、身体の動きにまかせておけばいいことなのです。

先生は、「われわれは、箸と茶碗とを持って滞りなく茶漬けをかき込むことができるが、しかも、その手の持ち方はほとんど気がついていない。特に左手の微妙なる茶碗のあやつり方などは問われてさえもこれを適切に答え得る人は少ない」と語り、「自分のすることが心のままにならないのは、みな、注意が自分の方に向い求心性になるからである」〔『神経衰弱と強迫観念の根治法』〕と、意識と身体とのバランスを取ることの重要性を説いています。

また、あるベテランの運動選手は、本番の競技を前にして、「考えすぎないようにしたい。これだけ練習したのだから、身体の記憶にまかせようと思う。筋肉が覚えていてくれる」と話し、「身体への信頼」が成功の鍵であることを印象づけました。

ここであらためて「人間の行動」を考えてみると、たとえば料理や楽器の演奏でも、意識に上っているうちはぎこちないことがわかります。身体に入っているデータに信頼を寄せることができたとき、はじめて「マスターした」といえるのではないでしょうか。

このことで思い出すのは、テレビで見たフィギュアスケートの演技です。音楽に合わせ華麗に舞う選手のスピーディーな動きは、身体（無意識）に覚え込ませることによってはじめて可能になったもので、一瞬でも「つぎに身体をどのように動かそうか」といった意識が介入したら、その瞬間に止まってしまうことでしょう。

実は確認行為も、「身体が覚えている」ということではこのフィギュアスケートと同じことだといえそうです。確認行為を、一つひとつ意識して自分の頭で判断していたのでは間に合いません。「強迫行為に苦しむ」というのは、この五感で操作するという〈無意識の回路〉が消えかかっている状態だといえるかもしれません。

ところで大阪大学の鷲田清一教授〔現総長〕は、若い女性に多く見られる摂食障害について、「観念が身体をガチガチにしている。スリムでなければいけない、という思い込みで身体が金縛りになり、生理の根っこまでダメージを受けている。身体は本来、限界を超えないために眠気とか、痛みを危険信号として発するはずなのに、それが機能しなくなっている」と語っています。

「観念が身体をガチガチにしている」というのは、ひとり摂食障害に限られることではなく、強迫神経症でも同様です。強迫症の人が、「閉まっているかどうか」「手がきれいになったかどうか」を、五感に頼らずに頭（観念）で判断しているうちに、本来身体（五感）から届いてくるはずのメッセージが感じられなくなってしまうのです。

こうした状況を真宗大谷派の武田定光氏は、「現代は脳（理性）が身体を飲み込んでしまった」と表現し、「身体そのものを脳から解放しなければならない。心臓の鼓動の力、吸っては吐く呼吸の流れ。それらの身体が私を力強く生存させている。この力に圧倒されるしかない」と警鐘を鳴らしています。

思えば、私が強迫行為から立ち直れたきっかけは、身体（五感）のもつ確かな情報力に対する驚きでした。「五感って本当にすごい、頼っても大丈夫なんだ」と心の底からうなずくことができたからです。

ゴミが捨てられない＝〈反対観念〉に振り回される

「閉まっていないのでは？」という〈反対観念〉にはどう対処したらいいのでしょうか、考えてみたいと思います。

いったん強迫症になると、五感に対する信頼を失い、ガス栓を見ただけでは「閉まっている」という事実がつかめないため、自分の頭で判断しようとするのは私のケースで見たとおりです。

ところが、ガス栓の確認を自分の頭で判断しようとすると心の拮抗作用が働いて、「閉まっていないのでは？」という反対の観念が意識に上ってきます。しかも困ったことに、その観念が現実のように思われ、そのため何度も確認を繰り返してしまうのです。

この「反対の観念」については前にも説明しましたが、精神の拮抗作用（バランス作用）という心の自然の原理から誰にでも浮かんでくるもので、強迫症の人にだけ特有のものではありません。ただ、すでにお話ししたように、健康な人は五感に頼って無意識に確認をしているため、反対観念が起きてこないだけなのです。

ところで、反対観念というと私が思い出すのは、「ゴミが捨てられない」という友人Cさんの話です。彼女は、ゴミを捨てようとすると、何か大事なものまで捨ててしまいそうで捨てられないというのです。

その苦しみをCさんはつぎのように語っています。

市指定のゴミ袋に入れて朝八時半までに近くのゴミ集積所に持っていくのですが、そのゴミ袋をゴミ集積所のコンクリートの床の上に置いたとたん、「あっ、何か大事なものを間違ってゴミ袋に入れてしまったのではないか」という考えが浮かんできて、袋を家に持ち帰り中身を調べるのです。

何回かそうしているうちに、「こんなことではいけない、ゴミ袋にゴミを入れるときに、一つひとつ確認して入れればいいのだ」と気づき、そうやって「今日は大丈夫、このゴミ袋にはゴミしか入っていない」と自分に言い聞かせ、ゴミ集積所に行くのですが、また、あのいやな強迫観念が襲ってきて私を苦しめるのです。そのうち、ゴミ集積所が視界に入ってくるだけで身体はふるえ始め、心臓はドックンドックンと鳴り始めました。

「今日こそは、ゴミを置いたらすぐ家に戻ること、さあ頑張って」と自分自身に言い聞かせ、一〇歩ぐらい歩きかけるのですが、強迫観念のしつこさに負けてまた集積所に戻る。そして、「ダメダメ、すぐ家に引き返さなくてはダメよ。この袋にはゴミしか入っていないんだから」と心の中で何回も言いながら、自分の出したゴミ袋をじっと見つめて、集積所の前にたたずんでしまうのです。今振り返ってみると、あの頃、「あのうちの奥さん、この頃、よくゴミ集積所に立っている」なんていう噂が流れていたかもしれないなあと思うのです。

確かに、自分の心をよく観察してみると、「捨てよう」とすると「捨てるべきではない」という気持ちが浮かんできて、互いに拮抗しているのがわかります。

それでは、なぜ私がゴミを捨てられるのに、Cさんは捨てられないのでしょうか。ここが強迫観念になるかどうかの分かれ目ですので、少し詳しく見てみましょう。

仮にいま、私がゴミを捨てるとしましょう。すると、私の頭の中には、「何か大事なものまで捨ててしまうのでは……」という例の反対観念が浮かんできます。

そこで、私はこの反対観念の働きによって慎重にゴミを点検します。ただ、この点検作業も、ガス栓の確認作業を五感にまかせているのと同様、決して頭ではやらず、どこまでも自分の目や手の動きにまかせて点検します。というのも、この作業を頭でやれば、反対観念の抵抗にあってゴミが捨てられないことを体験上学んだからです。

人の心というのはいつも、「やろう」とすると「やめておこう」というように、相互に拮抗する作用が働いており、その葛藤の解消は、〈身体の動き〉という無意識のネットワークによってはじめて可能になるのです。ぜひ体験していただきたいと思います。

ここで、長年、「汚いのでは？」という反対観念に苦しみながらも、身体のサインをつかむことで不潔恐怖症を乗り越えた人の話を聞きましょう。

彼女は、「身体からのＯＫサインを聞くことができれば、強迫観念をねじ伏せなくてもつぎの行動に移れるのではないか」と、自分の体験をつぎのように語っています。

これまでの私は、風呂場で身体を洗っているとき、どこか一カ所「洗えていない」と思えると、「洗えている」と思っているところまですべて洗い直していたが、いまでは、「きれいになっている」という身体のサインが聞こえてくるので、身体全体を洗い直すという強迫行為をしなくて済むようになりました。

そして、こう強調しています。

長い間の強迫観念の癖で仕方がないことですが、この癖があっても、聞こうと思っていると身体からのＯＫサインが（はじめはとても小さく聞こえますが）聞こえてきます。〔「生活の発見」No.465〕

身体のＯＫサインを聞くことによって、反対観念が起きてくる「意識レベル」の確認が「無意識レベル」の確認へとシフトし、そうすることで強迫行為の罠をうまくすり抜けていけることを、彼女の貴重な体験は教えています。

私の確認スタイル

日常、私がどんなふうに確認行為を行っているかをお話ししましょう。まず、私が一日の勤務を終えて事務所を後にするさいの戸締まりからご覧に入れます。

いま、入口のドアの鍵を閉めます。そのさい私が心がけていることは、ドアの鍵が閉まるときの「ガチャン」という音をしっかり聞き取ることです。（ここからが確認行為です。）つぎにドアのノブを回し、手から伝わってくる「閉まっている」という感触を確かめます。このとき、ちょっと注意していると、すでにもう私の身体は、ドアの前から「立ち去ろう」とする動きをしているのに気づきます。そこで私は、この身体の動きに導かれるようにして戸締まりを完了し、帰宅の途につくというわけです。決して「これで閉まった、大丈夫だ」などと、頭で納得しないようにします。いわば、「身体の動きにすがり、観念の出番のない確認行為」、これが日頃の私の確認スタイルなのです。

また、こんな体験もありました。

ある日のこと、台所でガラスの食器を割ってしまったのです。さあ大変、ガラスの破片が残っていたら危険です。私は破片が落ちていないかどうかを確認するさい、自分の頭で判断するのではなく、五感（目の動き・手の感触）を全面的に信じ、まかせていたのです。

もしその確認を、「もう大丈夫、全部取り除くことができた」と頭で判断していたら、「まだガラスの破片が落ちているのではないか？」というあの〈反対観念〉のささやきが聞こえてきて、何度も確認を繰り返していたに違いありません。

おそらく、私たち強迫行為に悩む者も健康な人と同じように、「もう、ガラスの破片は残っていない」という事実に薄々は気づいているのだろうと思います。ただ、身体を信じていないため、五感でキャッチした判断を拠りどころにすることができないのです。

そういえば、「眠れない」と不眠を訴えている人も、実際は必要な睡眠が確保されていて、ただ、自分ではそう感じられないだけだと言われています。それと同様のことが、強迫症の人にもあてはまるような気がします。「何度確認しても、ガス栓が閉まっていることがわからない」と訴える人も、実はもう身体では確認できており、ただ、その〈身体の判断〉が信じられないだけなのです。

それだけに、自分のなかに、このような感覚・感触があれば「閉まっている」と考えても大丈夫だという、信頼できる〈感覚〉を育てていくことが大切なのではないでしょうか。その意味で、強迫症からの立ち直りとは、「失った感覚を取り戻していく過程」ともいえるでしょう。これは、ひたすら身体の動きを観察し、それに聞き入り、いわば自分が出る幕がないという〈受動性に徹した姿〉といえるのではないでしょうか。

〈五感で確認する〉癖をつける

ここまで、強迫行為で苦しんでいる人の確認行為には独特なスタイルがあり、そのやり方では〈反対観念〉が邪魔になって、確認行為の繰り返しが起きるということを説明しました。

それではどうしたら、〈五感に頼った無意識の確認〉という、健康なときと同じやり方を取り戻せるのでしょうか。

いま、「取り戻す」と言いましたが、「頭で判断する」という癖はしっかりとついており、直すには時間がかかりそうですから、古い癖はそのままにして、「新しい癖をつける」というイメージでとらえていてください。

よく、「なかなか癖が抜けなくて」とがっかりする人がいますが、「癖直し」ではないのですから、古いやり方が出てきてもいっこうにかまいません。驚かないことです。気長に「五感で確認」という新しい癖を身につけていきましょう。たとえ、「ガス栓の確認」が無意識にできない人でも、洗浄強迫（不潔恐怖症）がないなら、手を洗うさいに「きれいになったかどうか」をいちいち頭で判断せず、無意識に手の動きにまかせ、「手洗い」はものの数秒で終わってしまうことでしょう。

このように、日常、すでに無意識にできている行為をもとに「五感に頼って確認する」という雰囲気をイメージしてみると、新しい癖がつけやすくなると思います。

ところで、強迫症に悩む人々の集まりに参加すると、「自分なりに編み出した確認のやり方があり、それによって当面は何とか安心できているが、今後もこのようなやり方を続けていっていいのでしょうか」という質問をよく耳にします。確かに、強迫症に悩む人のなかには、自分で編み出したいわば「自己流の確認方法」で不安に対処している人を多く見受けます。

そのことでは、以前ネット上で見たある書き込みを思い出しました。その人は、通勤電車から見える沿線の看板にとらわれていて、一瞬に通り過ぎてしまう風景だけに、後になって「一体、あれは何だったのだろう」と心を悩ますのを防ぐため、気になる看板を見つけるとすぐに携帯しているデジタルカメラで撮ることを思いついたそうです。「それによって、ずいぶん悩む時間が少なくなった」と喜んでいたのが印象的でした。人間、苦しいと何でも思いつくものですね。

しかし、このような対処方法では、当座の不安は解消できても、抜本的な解決にはつながらないのではないでしょうか。やはり、「五感という無意識のネットワークにゆだねる」という基本に戻っていくべきだと思います。

これからいよいよ、どのようにして、身体レベルでの確認行為に慣れていくかという話に入りたいと思います。

まず、みなさんは、現在おやりになっている意識レベルでの確認行為を、すぐにやめる必要はありません。それがむずかしい注文であることは、体験者である私にはよくわかっているので、ご安心ください。

ただ、「本来の確認のスタイルとはずいぶんかけ離れたことをやっている」ということだけは、しっかり認識しておいてほしいのです。

この〈認識〉ということで忘れられないのは、脳科学者茂木健一郎氏のお話です。氏によると、脳の不思議なシステムの一つに、「欠点」と意識したことを乗り越えようとする働きがあるとのことです。たとえば、自分とってはこれが「欠点だ」とか「弱点だ」と意識化（明確化）できるようになると、乗り越える対象が見えることで脳は喜んで、自分自身を変えるように工夫し始めるのだそうです。

だとすると、すぐには五感による確認ができなくとも、確認行為をするたびに「意識レベルで確認をしている」ということの明確な認識さえあれば、脳の創造性が発揮され、次第に五感による確認行為が現実のものとなることでしょう。

さて、つぎですが、二、三回確認したら、たとえ「ガス栓が閉まっている」という実感はわかなくても、「三回確認した」という事実だけはわかるはずですから、その事実にすがって、たとえ不安でもそれ以上ガス栓の確認をやらないようにしてみてください。この〈すがる〉ということは、「確認したいのに我慢する」というのとは異なります。ぜひ、実際に体験してこの違いを実感してください。

「確認した」という事実に〈すがる〉ことで、確認の繰り返しにストップがかけられるようになれば、それにともなってしだいに五感に対する信頼も育ってくるのです。

このようにして、たとえガス栓が閉まっていると確信がもてなくても、何回か確認したのだから、もう「確認した」という事実に賭けるしかないという、一種のあきらめに近い心境が生まれてきて、頭脳作業による確認を「五感にもとづく自然な確認」へと導いてくれるのです。

ところで、この〈すがる〉ということについて話していると、私にはある情景が思い出されます。それは、身体（五感）にすがることで立ち直ってきた私の体験を話していたときのことでした。聞いていたひとりの青年が、「すがってもいいのですか？」と真剣なまなざしで問いかけてきたのです。「すがってもいいのですよ」と私が応えますと、たちまち青年の目から涙があふれました。強迫症の人はがんばり屋が多いですから、この青年もおそらく、「何でも自分で判断して決めなければ」とがんばってこられたのでしょう。これからは、身体の声を聞きながら、身体にすがってやっていきませんか、楽ですよ。

強迫行為と自覚することが立ち直りの鍵

確認強迫や、洗浄強迫（不潔恐怖症）に苦しんでいる人々が参加している生泉会では、「同じ体験をした人でないと、この強迫症の苦しみはわかってもらえない」という言葉がよく交わされます。生泉会が所属している生活の発見会の会員には対人恐怖症の人が多く、強迫行為に悩んでいる人は少数派のためか、「強迫症の人たちのあのこだわりは、いまひとつ理解できなくてね」という声をたびたび耳にします。彼らからすれば、「ガス栓が閉まっているかどうか」はガス栓を見ればすぐにわかることで、それを何度も調べなおしている私たちの行動は、彼らの理解を超えているからでしょう。

確かに、考えてみるとおかしなことですね。どうして、私のように強迫症になると、「閉まっていないのでは？」とか、「汚いような気がする」といった観念を、頭の中のことではなく現実のように思い、何度もガス栓を確認したり、手洗いを繰り返すのでしょうか。どうやらその原因は、「観念と事実の区別がつけられない」ということにあるように思います。

それでは、「それが頭の中だけの観念で、事実ではない」ということは、どうすればわかるのでしょうか。これまでに多くの強迫症の体験者が、観念と事実を見分けるコツを考え出してきました。たとえば、「これは強迫観念かな」と迷ったり、「まだ閉まっていないように感じる」と不安になったら、それはもう強迫観念であるといったアドバイスです。

私が確認の繰り返しで悩んでいるとき、人からよく言われたのは、「強迫行為だとわかったら、確認するのを我慢したらどうか」ということでした。強迫行為の体験がない人からの、当然のアドバイスだと思います。

実は、ちょっと信じられないかもしれませんが、強迫症に悩む人は、「強迫行為をしている」という認識が乏しいのです。「もう一回だけ確認すれば、確実に〈閉まった〉と心の底から思えるようになるだろう」と信じてやっているうちに、結果として確認の回数がふえてしまっただけで、つまり、「強迫行為」の認識がないからこそ、何度も繰り返してしまうともいえるのです。

ですから、もし強迫症の人の心の中に、いま自分がしつこく繰り返している確認は、「ひょっとしたら強迫行為かもしれない」という認識が一瞬でも芽生えさえすれば、強迫行為に向かうエネルギーは急速に衰え、立ち直りの一歩を踏み出すことができるでしょう。

この「強迫行為の認識」ということでは、強迫神経症治療の世界的権威であり、『不安でたまらない人たちへ』の著者として知られるジェフリー・M・シュウォーツ教授の試みも参考になります。

教授は、行動療法の定番でもある曝露反応妨害法に代えて、治療の第1ステップとして、患者自身が「自分は強迫神経症に悩まされている」という認識をもつことを重視しています。そしてその認識を強化するために、PET（画像診断）が写し出した強迫症者の脳のカラー映像を患者本人に見せるという方法を採用しているそうです。

教授によると、映像を見せられた患者は一様に、「ここに写し出された強迫観念のせいで、まだ手が洗えていないと感じるのですね」と、原因は自分の意志の弱さにではなく、ただ、脳の回路の間違いが生み出したトラブルであることを納得し、次第に強迫行為に巻き込まれなくなっていくということです。

もっとも、私が強迫行為の認識に役立てたのはシュウォーツ教授の方法とは異なり、強迫行為をしているときの〈身体の感覚〉でした。なにしろ、身体ではすでに「閉まっている」ことがわかっているのに、不安をスッキリさせたいために確認を繰り返すのですから、身体との葛藤が引き起こす〈不快感〉といったらこの上ないのです。

もしあなたが何度か確認を繰り返しているうちに、身体の中に強迫特有の〈不快感〉が浮かんできたら、「強迫モードに入っているんだなあ」と一息入れてみてください。このとき、自分に向かって笑いながら「これって、強迫行為ですよね」と言えれば、もうしめたものです。しつこく強迫行為を繰り返すことによって、「強迫行為特有の感覚」さえつかめるようになってくれば、たとえすぐには確認の繰り返しを止められなくとも、やがてはその感覚が、強迫行為の強力なストッパーとなっていくことでしょう。

ですから、あなたは「今日もまた、確認行為を繰り返してしまった」と恐い顔をして、自分を責める必要などまったくありません。どうか、確認行為を繰り返しているときの身体の感じ〈不快感〉をしっかりと捉えるようにしてください。

ところで、過日行われた生泉会で、出席者から私はこんな質問を受けました。それは、「何度も確認行為を繰り返していると、どこまでが本来の確認行為で、どこからが強迫行為になるのかわからなくなるが、これを区別するにはどうしたらいいのか」というものでした。

これは、強迫行為の体験者ならほとんどの人がぶつかる問題です。はじめは本来のというか、必要な確認行為をやっているのですが、確認を何度も繰り返しているうちにすっかり「強迫モード」に入ってしまう、というのが強迫行為のパターンなのです。かつては私も苦労したので、この質問者の気持ちはよくわかります。

ご存じのように、本来の確認行為には不快感はありません。むしろ、確認行為の後には、「これでよし」という快感さえ浮かんでいることでしょう。これに比べ、さきほどから述べているように強迫行為には、それ特有の〈強烈な不快感〉があるため、強迫行為をしているときや、あるいはした後の後味を観察していれば、両者の違いに気づくことでしょう。

我慢は強迫行為に有効か？

トイレの後、何度も手を洗うといった洗浄強迫（不潔恐怖症）をはじめ、ガス栓の確認（確認恐怖症）やおよそ強迫行為と考えられる症状に陥ると、まず人が試みるのは「我慢する」ということです。「繰り返したくなる強迫行為を、我慢でねじ伏せよう」と必死の覚悟で向き合うのですが、向き合った数だけ挫折体験も増えていくと言っても過言ではないでしょう。いや、こう表現したほうが正確かもしれません。そもそも我慢できるぐらいなら、まだ強迫観念とはいえないのではないか、と。

思えば、私は早い段階で、「我慢によって強迫行為から立ち直る」ということに疑問を抱き、そのやり方を放棄してしまったのです。その理由はこういうことでした。強迫症の人は、「我慢することで強迫行為を克服できる」と信じて挑戦するのですが、我慢すればするほど強迫行為の威力は強くなり、その上、強迫観念の誘惑に負けて確認行為を繰り返してしまうと、今度は「またやってしまった」という後悔と自責の念にさいなまれるのです。

ただでさえ、生きる自信を失っている強迫症の人にとっては、「我慢ができず自信が失われていく」という弊害は小さなものではありません。我慢というものが強迫症の人に与えるストレスの大きさは測り知れないのです。

このことで思い出すのは、二〇〇四年の十二月に開かれた第二十二回日本森田療法学会でのことです。当日、生泉会が行ったワークショップで、私たち体験者が「我慢は強迫症の人にとって強いストレスとなり、かえって強迫行為を誘発する恐れさえある」と語りますと、会場からは、「強迫症の人にとって我慢はそんなにストレスになるのですか？」という質問が寄せられました。私は、それが心の専門家からのものであったことに、少なからず驚いたのです。「強迫行為で悩んでいる人の心が伝わっていないのだろうか」という不安と、「強迫症に悩むわれわれは、それを伝える努力をこれまでしてきたのだろうか」という疑問でした。

話が少しそれましたので、私が「なぜ我慢という方向に向かわなかったのか」というところに戻しましょう。この点がもっとも核心的ことでもあるのですが、我慢を奨励することは、確認行為の「五感という回路を使って情報をキャッチする」という本質を曖昧にするのではないか、と恐れたからです。

一般に精神療法においては、少なからず「我慢させること」をその治療体系に折り込んでいますが、こうした治療法においては、確認行為の本質をどうとらえているのでしょうか。

我慢するより〈感覚〉に頼ろう

「強迫行為を我慢をしないで治す」と聞いて、「我慢しないでどうやって治すの？」と驚いた人もいることでしょう。先の森田療法学会でも、同様の質問を受けました。そのさいには、すでに紹介した「確認した」という事実にすがるというやり方を説明しましたが、ここでは、〈感覚〉を活用する方法を提示したいと思います。

「強迫行為が拡がる恐怖」についてはすでに述べましたが、強迫行為の不安がなくなった後でも、確認の対象がドンドン拡がり身動きできなくなっていくときのあの〈悲しくなるような感覚〉が、長らく私の身体に染みついていたのを思い出します。

振り返ってみると、この〈感覚〉こそが、私の強迫行為のストッパーにもなったと考えられるのです。「家に戻ってもう一度確認したい」という衝動が襲ってきても、この〈感覚〉がよみがえってくることで、「たとえいま家に戻ったところで、確認が拡がってしまうだけだ」という思いに変わり、強迫行為をあきらめることができるようになったからです。

これに関連して、森田先生もこんなふうに話しています。少し長い文章ですが、引用してみましょう。

僕が酒とタバコとをピッタリやめたのは、肺炎にかかってからのことです。昔は、酒とタバコとを禁止しようとして、随分いろいろの苦心をしたことがある。（……）今度はまったくやめようとする工夫がなく、自力の抑制というものがないから、少しも苦痛がなく、唯安楽にそれに手を出さないまでのことである。

このようになった動機はなんであるかというと、酒またはタバコのことを考えると同時に、ハッと連想するものは、肺炎のときの咳と呼吸困難の苦しさである。その肺炎には死の恐怖ということもともなっているのである。（……）それで、前には単に、「飲めば悪い」という理知的な判断にとどまったけれども、今度は直接死の苦痛という強い感動を連想するために、たちまち有効となったのである。

およそ強迫観念の治り方でもこれを理知で治そうとしては、ますます苦痛を増すばかりで

あるが、直接何かの感動に連合する機会ができるとか、または自然の習慣を作って楽に治すことができるのである。〔全集第五巻〕

森田先生の話にもあるように、強迫行為を「我慢しよう」と意志の力でがんばるよりは〈感覚〉の力を借りるほうが、楽に強迫行為を止めることができるのではないでしょうか。

〈逆説志向〉で乗り切る

強迫行為にとっては「我慢する」というやり方が如何に効果がうすいかをさらに確認する意味からも、吉村冬彦〔寺田寅彦の筆名〕氏の言葉を味わってみましょう。

彼は子供の時分から、とくに笑うべき理由がないのに「きっと」笑いたくなるという妙な癖があったということです。たとえば、医者の診察を受けている最中や、親類などへ行って改まった挨拶をしなければならないとき、また先方に不幸があって悔みの詞を言おうとするようなときに「この癖」が出てくるのだそうです。冬彦氏はこの苦しみから逃れるため必死になって「我慢」に挑戦します。

氏はそのときの感想をこう述べています。

なるべく我慢しようと思って、唇を強く噛だり、こっそり膝をつねったりするが、眼から涙は出ても、この「理由なき笑い」はなかなかそれくらいのことではとまらなかった。そのような努力の結果はかえって防ごうとする感じを強めるような効果があった。〔森田正馬全集第五巻〕

ここで注目すべきは、「我慢によって、かえって〈笑おう〉とする感じが強まってしまった」という事実です。

森田先生は、冬彦氏のケースや同様の笑痙（笑いの痙攣発作）の患者さんについて、「笑いの発作に反抗しようとせずに、素直に静かにおかしいままにニコニコと笑っていれば無理にこらえて突発的に爆発するというようなことは免れるのである」とし、患者さんには「自ら求めて笑いの発作を起こし、思い切り笑うように稽古させて」これを治したということです。

この森田先生の採った治療法こそ、前章でも説明した「逆説志向」という技法で、体験してみると、我慢するよりずっと楽なやり方であることが実感できるでしょう。

リズミカルな動きに導かれて

私は、強迫行為にとらわれてからというもの、「どうしたら強迫行為をやめられるのか」というテーマがかたときも念頭から離れることはありませんでした。そうして気づいたのが、これまでに述べた「身体（五感）から情報を取る」という方法だったのです。

一五年ほど前に書いた体験記〔「生活の発見」No.400〕の中で、私はその方法についてつぎのように書いています。

いつの頃からか私は、この不完全恐怖にひっかかるまでは、こうした確認行為を〈リズミカルな身体の動きの中〉でやっていたのであるから、〈その感じ〉を取り戻しさえすればよいのではないかということに気がつき、〈身体の動きにゆだねる〉という技法を使うようになった。

このように、私は強迫行為を「リズミカルな身体の動きを失った状態」ととらえ、症状から立ち直るには、身体のリズミカルな動きにゆだねることが一番の近道だと感じて、その道を邁進してきたのだと思います。いまでも、情報がうまく取れなくなると、この方法によって、瞬時に「情報が取れる」ことを実感しています。

そんなことを考えていたら、音楽療法士の二俣泉氏が書かれた「音楽的に生きるということ」（「春秋」No.501）という文章が目にとまったのです。その中で、氏は、精神科医山上敏子氏の見解を紹介しています。

山上氏によると、「健康な人は、していることでも、話していることでもリズミカルであるが、患者は、行動にリズムが少なく流れが滞っていて、生活の内容が乏しく、ギクシャクしていて不自由そうに感じられる」というのです。

二俣氏は、こうした山上氏の見解を引きながら、「健康が損なわれた状態とは、音楽的でない状態」といえるのではないか。そうであれば、健康を回復させるための支援とは、「生活全体の流れが音楽的になるようにすること」といえるのではないか、と述べています。

ところで森田理論においては、神経症を「心の流れが滞っている状態」と捉え、流れを回復させるために「心の波に乗る」ことをはじめとした数々の技法が折り込まれているのは前章で見たとおりです。いま、これらの技法を二俣氏のいう〈音楽的視点〉から照射し直してみると、他律的・受動的な側面に加えて、新たに「リズミカルな側面」が浮かび上がってきます。

森田先生も、著書『生の欲望』の中で、「われわれ人間の生活機能は、心臓の鼓動、呼吸、消化器の活動、筋肉の運動など、みんなリズム運動であるように、われわれの精神機能もまたリズムであり、たとえば注意という機能も、知らず知らずの間に緊張と弛緩とが交代してリズム運動になっている」と指摘しています。その上で、「ものごとをリズミカルにするときには、それによってわれわれの生活機能を引き立たせる効果があるものである」として、生活の調和と改善にはリズムが欠かせないと見ていたようです。

このリズムということでいえば、本書Ⅱで触れた〈反転作用〉も、バランス作用であるとともにリズミカルな作用ととらえることもできるでしょう。

そうしてみると、われわれを健康へ導くヒントは、身体のバランスとリズムの中に隠されているということかもしれません。

エピローグ　神経症を超えて

生きる意味を得ようとする人間は、神経症患者ではありません。そもそもいかなる患者でもありません。
——ヴィクトール・E・フランクル

早春の夕刻、私が郵便局に向かって歩いているときのことでした。車輌の激しく行き交う横断歩道を渡りながら、ふと私は心と身体が一つになっている自分に気づいたのです。それは、「身体の動きに心がピッタリと寄り添っている」とでもいうような感覚でした。しばらくその感触を味わっていると、突然脳裏に「私が若い頃探し求めていたのはこの感覚だったのだ」という思いが閃いたのです。そうです、まさしくこの感覚こそ、長い間私が探し求めていたものだったのです。

なぜ、若い頃あれほど求めていた「心と身体の一体感」を、私は味わうことができなかったのでしょうか。これからしばらくの間、「若き日の自分」と向き合ってみたいと思います。

〈価値批判しない〉という生き方

確認行為にとらわれていた頃の私は、何をしていても、「こんなつまらないことを何も自分がやらなくとも」とか、「ほかにもっと大事な仕事があるのではないか」といった思いに振り回され、仕事との一体感を味わうことなど皆無に近かったように思います。それはおそらく、「人生は価値のある立派な仕事と関わってこそ意味をもつものである」という誤ったこだわりをもちつづけていたからでしょう。

この〈こだわり〉については、最近、かつての私の活動の場であった練馬集談会の機関誌につぎのような記述を見つけ、若い頃の自分の〈悩み〉とオーバーラップして感慨深いものがありました。

実は私は、神経症の症状から解放された後も、一度かぎりの人生で、「会社に勤め、結婚し、そして死んでいく」という人生は意味のないものだ、どこかにもっと意味のある「本当の人間としての生き方があるはずだ」という二十代から心のうちに巣食ってきた考えがときどき甦ってきて苦しんできました。頭では日々の生活こそ大事だとはわかっていつつも、どこかで、人間は何か大きな目的のために身を捧げるような生き方をすべきだという考えを引きずっていて、「このまま結局何の自分の道も見つけられず、世の中に大きな貢献もせずにむなしく死んでいくのか」というむなしさ、無力感が頭をもたげて来て、抑うつ状態になってしまうことがままありました。

この方は、「オンライン学習会」での仲間との出会いを契機に、「悩みながらも人間としてまっとうに生きてきたということは、それだけで尊いことなのだ」と気づき、自己を受け止められるようになったということです。

片や私はどのようにしてこの〈こだわり〉から抜けられたかと言いますと、森田先生の「わしはどんな仕事にも同じ心構えで立ち向かう」という人生哲学との出会いが転機となったのです。

先生の言葉です。

わしは風呂を炊くときには、風呂炊きになりきる。どうしたらゴミの整理がうまくできるか、どうしたら少ない燃料でもっとも早く風呂を沸かすことができるか、真剣に研究し工夫する。風呂を炊くときは風呂炊きになりきり、診察するときには医者になりきり、将棋をさすときには将棋さしになりきる。つまり何をやっても自分の全力を尽くすのだ。そこには価値批判はなく、風呂炊きも診察と同じように興味があり張合いがある。これがもし、下手な価値批判にとらわれ、風呂を炊くより原稿を書いた方が得だ、原稿を書くより診察の方がもうかる、診察より病院の経営をやった方が利益が多い、という具合に損得を基準にして考えていくとしまいには何もすることがなくて手をこまぬいているか、あるいは詐欺をやった方が早道だというようなことにもなりかねない。〔『生の欲望』〕

先生がいみじくも諭しているように、価値批判をしているとしまいには、確実に「何もすることがなくて手をこまぬいている」という状態に陥ってしまいます。そのことを嫌というほど体験していた私にとって、この先生の言葉はまさに一撃を加えられたような衝撃でした。

さすがにいまでこそ、〈雑用〉かどうかを意識することなく仕事をしていますが、こうした日常もまちがいなく、あの森田先生の言葉との出会いが転機となったと考えています。

未来に幸せを求めて

だれでも幸せな人生を願わない者はいないでしょう。かく言う私も、「どうしたら幸せになれるのか」を真剣に考えながら生きてきた一人です。強迫観念のとらわれの中にあって、自己実現の手がかりすらつかめずに悶々とした日々を送りながら、「幸せになりたい」と切実に願い、司法試験の合格を目指していたのです。「結果が出るまでは何も求めまい。すべてはそれからだ」、覚悟の上での人生航路の船出でした。

ところが、出港してまもなく強迫行為という〈暴風雨〉に遭遇し、どこをどう航海しているのかさえわからないような状況に巻き込まれてしまったのです。あてもなく航路をさまよっているとき、森田療法という〈灯台〉を見つけ、いま自分がどのあたりを航海しているかがおぼろげながらとらえられるようになったことは、すでにお話ししたとおりです。

国家試験の受験生として、将来の夢を実現すべくひたすら邁進する日々。しかし、未来に輝かしい夢を描けば描くほど、現実のみじめさが身にしみて耐えがたいものとなっていきました。そのような折、たまたま手にした本の中に、思いもかけないメッセージを目にしたのです。

〈幸福を未来に求めていく〉ということは、そうせざるを得ないような不平不満な現在の状況があるということではないだろうか。幸福というものはいつでも現在になければならない。そうでなければ、永遠に味わうことはないであろう。

「私の中の何かが壊れはじめている」、そう気づきながらも私は真剣に自分と向き合うことを避けてきたのです。それだけに、《幸福を未来に求めるというのは、幸福を未来に求めなくてはならないような不平不満な現在の状況があるのではないか》という指摘は、そのときの私の現状を怖ろしいまでに浮き彫りにしており、ただただ言葉を失うほかありませんでした。

そう言われてみると、私の中に「不平不満な自己」が大きくふくれ上がり、もはやその存在を無視し続けることは不可能であると思い知ったのです。「ああ、強迫神経症にさえかからなければ」と、いくたび悔やんだことでしょう。

長い間私は、強迫行為に振り回されている自分を許せなかったばかりか、貴重な人生を「無駄にしてしまった」という後悔にさいなまれていたのです。こうした不安定な状況は、次第に私を真剣な求道の日々へと向かわせ、宗教哲学者清沢満之《きよざわまんし》〔一八六三～一九〇三〕と邂逅するという幸運にあずかることができたのです。

清沢満之は、幼くして学業に優れ、長じて最高学府を優秀な成績で卒業するなど、どこから見ても私とは別世界の人でした。しかし、結核という重病にかかり、八方ふさがりの生活の中にあって、心の救いを親鸞の「絶対他力」に求めていかざるをえないほど追い詰められていったのです。

清沢と出会った頃の私は、これとよく似た状況にありました。強迫観念の苦しみを何とか意志の力で克服しようと悪戦苦闘の毎日で、まさに自力のはからいにくたびれ果てていたのです。

彼は、『清沢満之語録』〔岩波現代文庫〕にも収められている絶筆となった「我が信念」のなかで、「何が善で何が悪なのか、何が真理で何が非真理なのか、何が幸福で何が不幸なのか、ひとつもわかるものではない」と述べ、「自分では何も分らない」という徹底した自力無効の自覚こそ、宗教的信念確立の出発点となったと表白しています。

私は清沢の書物と出会うまでは、「人生には正解がある」と思って生きてきましたから、何か決断するたびに、「自分は間違っているのではないか」という思いに引きずられ、自信をもつことができなかったのです。しかし、彼の思想に接してからは、「何が成功であり何が失敗かは、本当はわからないのではないか」と思えるようになり、失敗におびえることも少なくなっていきました。

いつの頃からでしょうか。私は人生上の苦悩というものは、おしなべて「とらわれる」ことから生まれるものであり、そうであれば、強迫観念との格闘を通して得られた「とらわれから の解放」という体験が、そのまま人生上の苦悩を解く鍵になるのではないか、と思えるようになったのです。

「そうであったのか、あの強迫症の悩みが、人生苦からの解脱という普遍的な問題とつながっていたのか。強迫行為に彩られたわたしの半生にも意味があったのだ」、そう思うと、たとえようのない悦びで全身が満たされました。この気づきこそ、私が強迫神経症と和解した瞬間だったのです。こうして私はようやく自己を受け止め、それほど時をおかずして、法曹への道をキッパリとあきらめることができたのです。

それでは、長かった受験生活によって私が見失ったものは何だったのでしょうか。

受験生活というものは「合格」という結果だけが求められ、たとえどんなに努力をしたとしても、結果に結びつかないものはほとんど顧みられないといってもいいでしょう。そのような世界に長く身を置いているうちに、「感じたり考えたりしながら進めていく日々の営み」が背景に押しやられ、私の「感覚への信頼」が揺らぎだしていったのです。

もし、私がどのような感覚であっても、「かけがえのないもの」として受け取れていたら、「ガス栓が閉まっている」という事実を、「五感に頼ることなく頭で処理する」という強迫特有の癖に捕らえられることもなかったことでしょう。

今にして思えば、強迫神経症と向き合うことを通して、私は「感覚への信頼」を取り戻していったのだということがわかります。「なんとかしてモヤモヤした気持ちをスッキリしたい」とはからい続けた結果、その不可能なことに気づかされ、〈五感〉という感覚器官がもたらす情報にひたすら耳を傾けるという「受動的な生き方」とめぐり会うことができたのです。その意味で、私は強迫行為を通して自己の内なる自然（無意識）と出会い、そしてさらなる魂の深みへと導かれていったのだと思います。

二十代で味わった〈強迫行為〉というハンデが、このような深い実りをたずさえていたとは、当時の私には知る由もありませんでした。それだけに、現在、私と同じように強迫行為で苦しみ抜いている若者に出会うと、「どうか、あきらめないで、その悩みを通して人としての生き方を豊かにする道を探っていただきたい」と声をかけたくなってしまうのです。

森田療法との出会いがもたらしたもの

森田療法との出会いは、私がたまたま書店で、森田先生の著書を手にしたことがきっかけでしたが、その後の私の人生の展開を考え合わせると、その出会いがもたらした意味の大きさには感慨を覚えざるをえないのです。

すでに述べましたが、森田療法では、「不安は欲望の反面である」という考え方を取っています。つまり、「不安」となって人を苦しめているものは、実はその裏に「もっと向上したい、よりよく生きたい」という「強い生の欲望」が隠されていると見ているからです。

このような欲望と不安の関係は、いわば光と陰の関係にも似て、光があるから「陰」があるように、欲望があるから「不安」が生まれるとして、両者は表裏一体のものととらえられているのです。

今でこそ、このことは実感できるのですが、私が強迫神経症で苦しんでいた二十代の頃は、こうした森田療法の考え方を受け止めることはできませんでした。まさか、「陰（不安）の背後から光（欲望）が射しこんでいるなんて」、「あの強迫行為との悪戦苦闘の日々が、ゴール（治癒）へと直結しているなんて」、未熟な私には想像すらできないことだったのです。しかし、今ならわかります。あの強迫行為こそ、「無意識の心」とのバランスを図るべく、われわれの心に組み込まれているバランス機能が作動したのだということを。

私は、ただ、「強迫行為」から逃れるために森田療法にしがみついていただけで、それさえ治してもらえれば、それでよかったのです。ところがどうでしょう。気がつくと、私は強迫行為と向き合うことを通して、「生き方のレッスン」さえしてもらっていたのです。

そうです、森田療法は私の「強迫行為」という特殊な悩みを〈とらわれ〉という視点でとらえることによって、「人生の苦悩」という普遍的な悩みへと組み替えてくれていたのです。いいかえると、「強迫神経症の悩み」を医療に直結させるのではなく、「生きる苦悩」として引き受ける、そういう視点を私は森田先生に育てていただいたのだということがわかります。そんなことを考えていたら、だいぶ前に、私が日記に記したつぎのような文章が目に止まりました。

私は強迫神経症になったことで、「症状に苦しむ自分」を異物化し、それと向き合うことを通して内面を深めていったように思う。ところが、自分を受け止めることができるようになると、そこでは「乗り越えていかなければならない」と実感する対象物を見つけることが困難になってくる。

そうなのだ、人間というものは、「気がかりな自分」を異物化することによって、かろうじて自己の本質をつかむことができるという生きものなのだろう。

また、こんなふうにも綴っています。

心の傷は癒してはならない
若いときの心の傷は癒されていなかった。しかし、今、それがエネルギーに転換し、こんこんと湧いてくるではないか。植物が石炭となり、生物が石油となって沸いてくるように、心の傷がエネルギーとなって湧いてくる。そうだ、そのときまで待っていればよかったのだ！

森田先生への感謝の思い

長々と書いてきた私の神経症体験に関する拙い文章も、そろそろ終りに近づいてきました。いま、ペンを置くにあたって、私の胸に去来するのは森田正馬先生への感謝の思いです。あの苦しかった時代に、先生の本と出会わなかったら、今ごろ私はどんな人生を送っていたことでしょうか。

私は、森田先生とは生前相まみえることなく、ただ書物を通してご縁をいただいたにすぎませんが、それでも、先生の愛弟子の方々や患者さんたちが抱いていた「森田先生への感謝の思い」には、深い共感を寄せることができるのです。

かつて、精神科医の平田一成先生は、「森田療法における治療者と病む人との関係には特別な雰囲気がある」として、つぎのように述べておられたのが印象的でした。

一体、治療者には向かい合う病む人との相性も存在する場合があると思われるが、森田療法には、とくに病む人が治療者に、多分直感的に抱くであろう「この人にこそわが身を託そう」という閃きが不可欠ではないのか。また治療者には、「この人を導こう」という自信と、治療できる確信、積極的な姿勢が要求されよう。〔「森田療法学会雑誌」〕

思い起こせば、平田先生も指摘されているように、私の「この先生なら、私を再生してくれるに違いない」という〈直感〉が、森田療法との出会いをもたらしたことはすでに述べたとおりです。そして、神経質を礼賛する森田先生によって私の〈精神性〉が呼び覚まされ、〈悩み〉を自己確立につなげるように導かれていったのだと思います。

確かに、人間は「生物学的な存在」であり、また「心理学的な存在」でもありますが、精神的な深い側面を有しており、その意味からも魂の領域にまで到達するような刺激がもたらされないかぎり、私のような悩める人間に変化が起きるのはむずかしいのではないでしょうか。

このことで忘れられないのは、本書Ⅱの冒頭で紹介したTさんの奇跡の回復劇です。おそらく、森田先生との出会いによって、彼女の中に眠っていた〈生命力〉が呼び覚まされたのでしょう。

ところで、治療者である森田先生はどんな姿勢で「病む人」と接しておられたのでしょうか。そのことを窺い知る先生の言葉を引用してみましょう。

私どもは昔から、このような「ばかになれ」「死を恐れるな」というような言葉のために、どうしたらその気持ちになり、その心境になり、いわゆる悟られるものであろうかと、いかに工夫し迷い、いかにつまらぬ苦しみ・悩みを経てきたことであろう。私は過去の私の無益な苦労を思って、私の後輩には決してそんなことは教えないようにしようと思うのである。

〔全集第五巻〕

ここには、「自分は無益な苦労を散々経験してきた。それだけに、後輩にはこうした苦労はさせまいぞ」という森田先生の並々ならぬ決意のほどが窺われ、胸を打たれます。教え子の一人である井上常七氏は、ある日の講話の様子について、「私はこれでもか、これでもかという先生の気迫を感じた。どうしても今日は解らせないではおかぬという話し振りであった」と感慨深く語っています。

私は森田先生との邂逅を感謝しつつ、一人でも多くの方が森田療法と出会われることを心から願ってやみません。

あとがき

「あなたの強迫症の体験を書いてみませんか」と出版社から電話をいただいたのは、三年前の秋のことでした。ためらう私に、「悩んでいる人が一番欲しいのは、同じ辛さを味わった人の体験ですから」という言葉がたたみかけてきます。「そうかもしれない」と同意し、本書の執筆が始まりました。しかし、体験していれば書けるというほど強迫神経症の世界は甘くないことを私が気づくのに、そんなに時間はかかりませんでした。「この小さな本で、私は何を伝えたいのだろうか」、それだけを追い求めながら筆を走らせてきました。

現在、強迫神経症で苦しんでいる人は、一説によると米国では五〇〇万人とも言われているくらいですから、わが国でもかなりの数であることが想像できます。こうした人々に是非「森田療法」と出会ってほしい、という強い気持ちが私を促してきたといえるでしょう。

それではなぜ私はそんなに森田療法をすすめるのでしょうか。本文でも書きましたが、森田療法は、神経症の症状を直接問題にするのではなく、その背後にある人生観の歪みに気づかせ、「かくあるべし」といった窮屈な生き方から解き放たれることを目指しているのです。そのため、各人が森田理論を学ぶことで、それまでの自分の生き方を見つめ直し、これからの人生を心の自然にそった無理のないものに作り替えていくことができるからです。

「とりあえず、神経症だけでも治してもらいたい」と願っていた人が、気がつくと、人生のあり方までレクチュアしてもらい、その結果、症状を問題にしない姿勢までも身についてくる、このような成果は、私の知るかぎり森田療法でしか得られないのではないか、と考えています。

ただ、一口に森田神経質・神経症といっても、不安神経症や対人恐怖症と強迫神経症〈強迫観念・強迫行為〉とでは悩みの実体が違いますので、それに応じて森田理論も特化する必要があるのではないでしょうか。その一例として本書で強調したのが、〈反対観念〉という手法です。その意味で、悩める者が自身の苦悩の特質を掘り下げ、それに応じた森田理論の構築を目指していくことが急務といえるでしょう。本書を叩き台として、さらなる理論の発展に若い方々の応援を期待したいと思います。

いま、あとがきを書きながら、亡き長谷川洋三先生の笑顔を思い出しています。先生、本当にありがとうございました。

また、本書を書くにあたっては多くの方々、とくに生活の発見会、生泉会の仲間の皆さんのご協力、そしてあたたかい励ましをいただきました。最後になりましたが、白揚社の鷹尾和彦編集長には貴重なアドバイスをいただき、心よりお礼を申し上げます。

明念倫子

二〇〇八　晩秋

著者略歴

明念倫子（みょうねん・のりこ）
東京都出身。中央大学法学部卒。NPO法人「生活の発見会」会員。
論文：「強迫観念に苦しむ人へ伝えたいこと」（生活の発見会30周年記念懸賞論文)、「強迫神経症を超えて」（第22回日本森田療法学会発表論文)、「当事者にとって見通しをもつということ」（『精神科臨床サービス第８巻３号』星和書店)。

ISBN978-4-8269-7146-1

強迫《きょうはく》神経症《しんけいしょう》の世界《せかい》を生《い》きて

二〇〇九年 三 月 十 日 第一版第一刷発行
二〇一六年 五 月三十日 第一版第三刷発行

著 者 明念《みょうねん》倫《のり》子《こ》
発行者 中村 幸慈
発行所 株式会社白揚社
東京都千代田区神田駿河台一—七 郵便番号一〇一—〇〇六二
電話(03)五二八一—九七七二 振替〇〇一三〇—一—二五四〇〇
装 幀 岩崎寿文
印刷・製本 シナノ印刷株式会社